KB080419

은하행성
서비스센터,
정상 영업합니다

은하행성
서비스센터,
정상 영업합니다

12행성
방문 서비스
기록

곽재식
연작소설

네오
픽션

차례

제 1 행성

철 통   행 성

미영이 은하수 외진 곳에 있는 철통 행성에 가자고 이야기했을 때, 양식은 싫은 기색을 보였다.

"사장님, 그렇게 멀리까지 우리가 꼭 가야 돼요? 이런 일은 우리가 처음 사업을 시작한 목적하고도 별로 안 맞잖아요."

"그래도 은하교통연합에서 수고비를 이렇게까지 쳐준대잖아. 우리 우주선이면 금방 갈 수 있어요. 가서 간단하게 연락만 해주고 오면 되는 일인데 어려울 것도 없지. 이 정도면 쉽게 돈 버는 일 아닌가."

"그래도요. 돈 되는 일이면 너무 아무 일이나 막 하는 거 같잖아요."

"이거 세상에 꼭 필요한 일이야. 은하교통연합에서 철통 행성에 전해주라는 내용이 엄청 중요하다니까."

"무슨 내용인데요?"

"이제 얼마 후면 우주에서 소행성이 떼로 그 행성 쪽으로 지나간다는 거야. 그중에 몇 개는 철통 행성에 떨어질 수도 있거든. 그러니까 미리미리 대책을 세우라는 이야기야. 혹시 커다란 소행성이 철통 행성에 쿵 하고 떨어져서 막 큰 폭발이 일어나고 사람 사는 도시들도 다 박살 나고 그러면 어떡해? 그 전에 우리가 빨리 대책을 세우라고 알려주는 거야. 수많은 사람의 생명을 구할 수 있는 일이지."

양식은 그 말을 듣고 더 이상하다는 표정을 지었다.

"그렇게 중요한 일이면 은하교통연합에서 직접 연락해도 되잖아요. 왜 우리 회사 같은 데에 부탁해서 연락을 전해주라는 거예요? 사실은 철통 행성에 무슨 무시무시한 우주 거인 호랑이가 잔뜩 살고 있어서 자기들이 가면 위험할 것 같으니까 그러는 거 아니에요?"

"우리 은하수에 우주 거인 호랑이가 어딨어? 그런 거 아니라니까. 옛날 화성에 살던 사람들 중에 혼란스러운 은하수 정치 상황도 싫고, 너무 빨리 발전하는 기술이 싫어서 자기들끼리 따로 독립해서 살겠다던 사람들이 한 무리 있었거든. 철통 행성 사람들이 그 사람들 후손이에요. 그래서 철통 행성은 은하연합계열 단체들하고는 교류를 안 한대. 지구 시간으로

11년 전인가에 서로 그렇게 협정도 맺었고. 그래서 은하연합 계열 단체들은 철통 행성을 안 건드리고 무슨 일이 있든 그냥 가만히 놔두기로 했고. 그래서 은하교통연합에서 연락선을 직접 철통 행성에 보낼 수 없는 거고. 그래서 우리한테 부탁한 것이고."

미영이 보채자 양식은 하는 수 없이 우주선을 철통 행성으로 날아가도록 조종했다. 그렇지만 여전히 의심하는 표정이었다.

"그래도 혹시 우주 거인 호랑이 비슷한 거라도 살고 있는 거 아니에요?"

"아니라니까요. 길이 잘 안 밝혀져 있어서 가기는 어렵지만, 가끔 오지 여행하기 좋아하는 사람들이 그냥 놀러 가서 편히 쉬다 오기도 하는 행성이에요. 거기 '정신과 신념의 탑'이라고, 라면 면발 위를 사슴이 달리고 있는 것 같이 생긴 커다란 조각상이 있거든. 사람들 그 앞에서 사진도 많이 찍고 그래."

"사장님이 그런 걸 어떻게 아시는데요?"

"『은하수를 달려보자 : 은하계 관광 안내 초보여행자 종합 지침서』 제8권에 실려 있었거든."

철통 행성에 도착하니 과연 평화롭고 조용한 곳처럼 보였다. 식물들의 색깔이 초록색보다는 조금 더 파란색에 가까운 것을 빼면 모든 풍경이 지구와 비슷하기도 했다. 바이러스 균형화 작업도 끝나 있어서, 지구에서 살다 온 사람이라면 간단한 바이러스, 세균 확인 처리 절차만 거치면 그냥 맨몸으로 이 행성에서 돌아다녀도 된다고 했다. 양식은 철통 행성 담당자들의 말을 못 믿어서 직접 우주선에 있는 기계로 이 행성에 괴상한 외계 세균이나 우주 바이러스가 있는 것은 아닌지 몇 번이나 살펴보기도 했다. 그렇게 확인해도 역시 철통 행성은 딱히 위험할 것이 없어 보이는 행성이었다. 미영이 관광 안내 책자를 보고 알려준 내용 그대로였다.

"저희 철통 행성에서는 다른 행성에서 오신 분들은 모두 외계인이라고 부릅니다. 너무 이상하게 생각하지는 마시고, 저희 외계인 응대관으로 가시지요."

외계인 응대관 직원이 안내해주는 대로 미영과 양식은 따라갔다. 가면서 보니 거리 풍경이 어쩐지 도넛 가게 실내 같은 느낌이었다.

도착한 외계인 응대관은 최신형 전자 제품을 전시하는 곳으로 쓰면 어울릴 것 같은 하얀 플라스틱 벽으로 둘러싸여 있었다. 사무실 가운데에는 그와는 별로 어울리지 않는 고풍스러운 나무 책상이 놓여 있었다. 그 책상에 앉아 있던 사람이 외계인 응대관 실장이었다.

"반갑습니다. 은하교통연합에서 보내는 연락 사항을 가져

오셨다고요?"

"예, 이걸 보시면 됩니다. 철통 행성에서 쓰는 컴퓨터가 어떤 것인지 몰라서 은하연합 표준 저장 장치, QD칩, 감마디스크, SD카드와 USB 이동식 저장 장치로도 가져왔습니다. 혹시 이 행성에서 이 자료를 읽을 수 있는 컴퓨터가 전혀 없다면, 아쉬운 대로 그냥 책으로 인쇄도 해왔으니까 이 종이책을 보셔도 됩니다."

미영이 그렇게 말하고 양식을 쳐다보자, 양식은 준비해두었던 책을 꺼내어 실장에게 전해주었다. 책에는 『철통 행성 소행성 위기 예측 자료 및 대응 권고안』이라는 제목이 쓰여 있었다. 실장은 쾌활한 웃음을 보인 뒤에 이렇게 말했다.

"저희 행성에도 QD칩 읽을 수 있는 컴퓨터 정도는 있지요. 일단 되는지 한번 볼까요?"

실장은 책상에서 컴퓨터를 꺼내서 QD칩을 끼웠다. 그러자 화면에 간단하게 알아볼 수 있는 그림과 설명이 나왔다. 우주를 돌아다니는 돌덩어리들이 있는데, 그것이 곧 철통 행성으로 떨어진다. 작은 것도 있지만 큰 것도 있다. 큰 소행성이 철통 행성에 떨어지면서 아주 강한 충격을 줄 것이기 때문에 행성에 지진, 화산, 해일이 몰아닥칠 것이다. 산이 무너지고 강이 없어지며 도시가 가루가 되고 농토는 모두 불탄다. 대단히 위험하다. 그런 내용들이었다.

이어서 은하교통연합의 감시 로봇들이 계산한 예상 결과에 따라 어느 소행성이 언제쯤 철통 행성에 떨어질 확률이 높은지 차례대로 나와 있었다. 양식이 얼핏 보니 작은 소행성은 얼마 안 있어 곧 떨어질 것 같았다.

양식은 미영에게 몰래 말했다.

"이거 불안한데요. 우리 이제 할 일은 다 했으니 얼른 이 행성을 떠나서 딴 데로 가죠, 사장님."

그때, 실장이 두 사람 쪽을 쳐다보면서 말했다.

"이거 상당히 심각한 내용이네요. 정식 보고 자료로 넘기겠습니다."

"그러면 된 건가요?"

"저희가 은하연합 쪽하고 교류하는 일은 검토 심사를 거쳐서 진행하고 있거든요. 그래서 바로 접수는 안 되고, 일단 외부 교류 심사관 쪽으로 자료를 넘겨서 심의를 받아야 합니다. 심의받는데 시간이 좀 걸리겠죠."

그 말을 듣고 양식은 다시 미영에게 그냥 가자고 졸랐다. 하지만 미영은 그럴 수는 없다고 했다.

"이 행성에 사는 모든 사람들 목숨이 걸린 일일지도 모르는데, 심의를 잘 받아서 정식으로 이 자료가 이 행성 사람들한테 잘 전달이 됐는지를 보고 가야지."

그렇게 해서 미영과 양식은 외부 교류 심사관에서 자료를 검토하는 것을 보러 갔다.

외부 교류 심사관의 심사는 대단히 엄격했다. 양식은 모든 자료가 똑같은 내용이라고 말했지만 SD카드, QD칩, 표준 저장 장치, 종이책 등등에 들어 있는 자료들을 모두 받아서 다 따로따로 심사하겠다고 했다. 심사관에서는 내용을 살펴보기 전에 우선 SD카드, QD칩에 묻어 있는 세균이나 바이러스 같은 것들 중에서 행성 바깥에서 묻어온 것이 있는지 꼼꼼히 현미경으로 살펴보았다. 특히 책으로 인쇄한 것은 장 수가 많았기 때문에 검사 시간이 굉장히 시간이 오래 걸렸다.

제출한 물건들의 검사가 모두 다 끝나기 전까지는 한 물건도 다음 단계로 넘어갈 수가 없게 되어 있었다. 때문에, 정작 내용에 대한 심사는 시작하지도 못하고 SD카드, 종이책의 겉면에 붙은 바이러스 따위를 검사하는 데만 시간을 보내고 있었다.

"우리 이 행성에 착륙할 때 이미 세균, 바이러스 검사와 처리도 다 받았는데, 여기서 또 그걸 검사하는 이유가 뭔가요?"

"외부에 있는 자료를 받아들일 때는 엄격하게 따져보고, 누가 우리를 속이려고 하는 것은 아닌지, 우리에게 나쁜 생각을 퍼뜨리려는 것은 아닌지 철저히 살펴보게 되어 있어요. 그래서 규정이 좀 복잡하지요. 규정으로 정해진 과정을 조금이라도 소홀히 하면 나중에 문제가 생겼을 때 엄한 벌을 받게 돼요. 그러니 대충 넘어갈 수 없어요."

미영과 양식은 검사가 진행되는 동안 지루한 시간을 보내야 했다. 두 사람은 너무 심심해서 여러 잡담과 긴 대화를 나누었다. 나중에는 쌀, 보리 놀이까지 했다.

긴 시간이 흐르고 양식이 미영에게 보리만 연속으로 열 번이나 하는 법이 어디 있냐고 따지려들 무렵, 갑자기 긴급 뉴스가 있다면서 실장이 두 사람 앞으로 왔다.

"방금 정말로 소행성이 떨어졌어요. 큰 게 떨어진 것은 아니라서 아주 큰 피해는 안 입었는데요. 집이 몇 채 부서졌고 여섯 사람 정도가 다쳤습니다. 그런데 진짜 큰 문제인 게 뭐냐면, 저희 행성의 '정신과 신념의 탑'이라는 커다란 기념 조각품이 있는데, 소행성 떨어지는 충격으로 땅이 흔들릴 때 이 조각품이 무너져버렸어요."

뉴스 영상을 보니 정신과 신념의 탑이 무너졌다고 너무 안타까워하면서 눈물을 흘리는 사람들이 굉장히 많았다. 정신과 신념의 탑은 이 행성에서 매우 인기 있는 문화재였다. 이행성 사람들의 사상과 문화를 상징한다고도 했다. 그래서 사람들은 탑 앞에서 기념사진을 찍기도 하고, 결혼식이나 생일 파티 같은 모임을 갖기도 했다.

이제 사람들은 다 같이 정신과 신념의 탑이 무너진 것을 아쉬워하는 노래를 부르기도 하고, 탑이 무너진 자리 앞에 모여 그 공허한 풍경을 하염없이 바라보기도 했다.

"이렇게 해보면 어때?"

미영은 무슨 좋은 생각이 났다는 듯 양식에게 말했다. 양식은 미영의 제안에 반대했지만, 미영은 다른 방법이 없다고 했다.

미영은 정신과 신념의 탑이 무너진 터를 찾아갔다. 그리고 그곳을 취재하려고 찾아온 기자에게 자신은 은하계 저편 지구에서 온 사람인데 이 행성의 명물인 정신과 신념의 탑이 무너진 것이 너무 안타깝다고 이야기했다. 철통 행성의 기자들은 다른 행성에서 온 사람들의 반응을 뉴스에 담으면 신기하고 멋질 거라고 생각했다.

그렇게 해서 미영은 뉴스에 나올 수 있었다. 미영은 양식에게 부탁해서 자신이 뉴스에 나오는 동안 근처에서 '소행성 더 떨어질 것'이라는 팻말을 눈에 보이게 들고 있으라고 시켰다.

"은하교통연합에서 예측한 바에 따르면, 소행성들이 이 행성에 더 떨어질 것이라고 합니다! 그중에는 굉장히 위험한 것도 있습니다! 대비해야 합니다!"

뉴스가 나가자 관심을 보이는 사람들이 꽤 생겼다. 미영은 이제는 심사관에서 소행성 위험 안내 자료를 최대한 빨리 통과시켜줄 거라고 생각했다. 그러나 일은 그렇게 흘러가지 않았다. 심사관으로 돌아와 보니, 실장이 미영에게 다른 소식을 전해왔다.

"정신과 신념의 탑이 무너진 것은 소행성 때문인데, 왜 소행성을 제대로 방어하지 못했는지 소행성 담당자를 처벌하라는 이야기가 많이 나오고 있어요."

"소행성 담당자요?"

"예. 우리 행성에서 소행성 관찰을 시도하던 천문관 사람들이 지금 문책관에 가 있어요. 사장님께서 우주 공간에 대해 경험이 많으실 테니까 잠깐 문책관으로 오셔서 상황이 어떻게 돌아가는지 좀 보시겠어요?"

다그치는 실장을 따라 미영과 양식은 문책관으로 갔다.

넓은 공간 한가운데 무대 같은 곳이 있었다. 그곳에 천문관이라는 연구소의 연구원 두 명이 나와 서 있었다. 무대를 둘러친 높다란 계단 같은 자리들이 있었는데, 각종 기관과 관공서의 전문가라는 사람들이 그곳에서 천문관 연구원 둘에게 여러 가지 일들을 열심히 따지고 있었다.

"여러분이 천문관 연구원들 아닙니까? 지금 소행성이 떨어져서 우리 정신과 신념의 탑을 파괴했는데 왜 그런 일이 일어날 줄 모르고 있었습니까?"

"규정대로 성실하게 제대로 일을 했다면, 왜 소행성을 미리 찾아내지 못했습니까?"

"시민들의 성난 마음을 대신해서 제가 따지고 싶습니다. 당신들이 제대로 일을 하지 않아 소행성이 떨어지는 것을 몰랐기 때문에, 우리의 가장 소중한 문화유산인 정신과 신념의 탑이 부서졌습니다. 게다가 앞으로 또 다른 소행성이 떨어지면 더 큰 피해가 생길 위험도 있어요. 이렇게 일을 엉망으로 해도 되는 겁니까?"

한참 비난하는 이야기를 듣고 있다가, 천문관 연구원 중 하나가 대답했다.

"우리 철통 행성은 은하연합과 교류하지 않아 우주 연구에 대한 관심도 투자도 없습니다. 저희가 가진 장비는 야구 경기를 멀리서 볼 때 쓰는 쌍안경뿐입니다. 그나마 이것으로라도 어떻게든 별을 관찰해보기 위해서 밤을 새워 일하고 있습니다."

주변에서 "변명하지 마세요" "당신들이 고생했다는 말이 나와요?" 하는 소리가 터져 나왔다. 서류를 한참 들여다보고 있던 사람이 연구원을 향해 말했다.

"소행성이 이렇게 위험한 것인데, 천문관에서 소행성을 관찰했다는 기록이 없어요. 당신들 근무기록을 보면, 허구한 날 밤새 쌍안경 들고 뭘 했다네요. 쌍안경 들고 뭘 했겠어요? 밤새 노닥거리기나 했는지…… 그런 기록밖에 없어요."

비난은 끝도 없이 이어졌다. 연구원 중에 자주 지각한 사람이 있는 것은 아니냐, 왜 천문관의 청소비용을 이렇게 많이 썼

느냐 등을 따지면서 연구원들이 무능하고 나태하며 사악하다고 지적하는 이야기들이 쏟아졌다. 하지만 아무리 기다려도 은하교통연합에 관한 이야기나 우주 공간의 현재 상황을 묻는 이야기는 나오지 않았다. 애초에 거기에 모인 사람 중에 소행성이 어떻게 생겼는지, 무엇인지 제대로 아는 사람들도 없어 보였다.

양식이 실장에게 물었다.

"돌아가는 것 보니까, 어떻게 될 것 같습니까?"

"글쎄요. 그래도 이렇게 소행성 이야기가 많이 나왔으니까, 뭔가 정부에서 대책을 만들지 않을까요?"

실장은 겸연쩍게 웃었지만, 역시 웃음은 쾌활했다.

미영과 양식은 더 이상 할 수 있는 일이 없겠다는 생각이 들었다. 두 사람은 우주선으로 돌아가 철통 행성을 떠났다.

1년 정도가 지났을 때, 미영과 양식의 우주선에 비상 통신망으로 통신문이 도착했다. 비상 통신망은 은하수 표준연합 통신 방법을 쓰지 못하는 곳에서 비상으로 무엇인가를 알리고 싶을 때 쓰는 연락 수단이었다.

"사장님, 그때 철통 행성에서 통신문이 왔는데요."

"뭔데요?"

"우리가 보냈던 소행성 위험 안내 자료를 결국 열어보지 않은 채로 거절하겠다는 연락이 왔어요."

"뭐? 안 열어보겠다는 말하는 데 1년이나 걸렸어? 그것보다도, 왜 그걸 안 열어봐? 걔네들 소행성 때문에 큰일 난다고 무지무지 떠들었잖아. 그런데 정작 우리가 보낸 위험 경고 자료를 안 열어본다고? 왜?"

"걔네들 규정에 제출한 자료 중에 똑같은 내용을 다룬 자료가 두 개 이상 있으면 규정 위반이라고 안 받아준대요. 혼란스럽기도 하고 실적 부풀리기로 의심되기도 한다고요. 그런데 우리는 SD카드로도 내고, QD칩으로도 내고, 책으로도 냈으니까 중복이고 규정 위반이래요."

"자기들이 갖고 온 것은 다 제출하라고 해서 그런 거잖아."

"제출하는 자료들이 다 조금씩 다를 때 받아준다는 것이고, 중복되는 것이 있으면 규정 위반으로 처리한다는 거예요. 자기들도 어쩔 수 없대요. 규정이 있는데 어기면 혹시 문제 생겼을 때 자기들이 처벌받을 수도 있으니까요."

미영은 우주 저편의 빈 공간을 향해 한참 "말도 안 돼" "이게 무슨 짓이야?" 같은 말을 떠들었다. 결국 분노한 미영은 다시 철통 행성으로 가서 따지기로 했다.

철통 행성의 모습은 1년 동안 달라진 것이 없어 보였다. 미영과 양식을 맞아 주는 외계인 응대관 실장의 쾌활한 웃음도 그대로였다.

미영이 물었다.

"도대체 어떻게 된 건데요? 이제 몇 달 후면 커다란 소행성이 충돌해서 행성이 다 박살 날지도 모르는데 뭘 어떻게 대비하는 건데요?"

"아, 저희 정부에서도 나름대로 대책을 세웠다고 하더라고요. 천문관 연구원에 소행성 담당 책임자를 확실히 정해두었습니다."

실장은 잠깐 자료를 찾아보더니 이어서 말했다.

"살펴보니까 저희 행성에 소행성 대비에 관한 법이 없었더라고요. 그때 천문관 연구원들이 일을 똑바로 안 해서 정신과 신념의 탑이 부서졌다고 사람들이 정말 화 많이 냈었는데, 결국 재판해보니까 천문관 연구원들이 지각으로 근신 처분받은 것 말고는 아무도 처벌을 안 받았어요. 그래서 그때 사람들이 솜방망이 처벌이라고 해서 비판이 엄청났습니다. 그래서 얼마 전에 새로 소행성 대비법을 만들었어요. 이제는 소행성 때문에 문제가 생기면 천문관 연구원의 소행성 책임자가 징역 1년 이상의 처벌을 받도록 해놓았습니다. 이렇게 하면 감옥에 가기 싫어서라도 어떻게든 소행성에 대해 대비를 하겠죠."

양식이 보니 미영은 강한 놀라움에 빠져 잠시 멍해진 것처럼 보였다. 양식이 대신 물었다.

"혹시 이제는 천문관에 고성능 망원경이나 우주 감시 로봇

같은 장비가 설치되었습니까? 위험한 소행성을 찾았을 때 그걸 파괴할 수 있는 우주 반물질 미사일이나 반공간 방어막 폭탄 같은 것은 도입했습니까?"

"그렇게 되기는 어렵죠. 저희 철통 행성에서는 철저히 규정에 따라서 엄정하게 연구비 예산을 분배하고 있거든요. 좋은 평가를 받은 연구소에는 돈을 많이 주고, 나쁜 평가를 받은 연구소에는 돈을 조금 주죠. 당연하잖아요? 천문관은 작년에 소행성을 못 잡아내서 정신과 신념의 탑을 박살 낸 죄를 지었잖아요. 최악으로 나쁜 평가를 받았으니 천문관은 돈을 거의 못 받았죠."

"그러면 아직도 그때 그 연구원 두 명이 쌍안경 들고 밤하늘 보고 있고, 그 두 사람이 소행성 책임자고, 그런 거예요?"

"아니요. 그렇지는 않습니다."

"그러면 다른 사람들을 더 뽑았습니까?"

"아니요. 반대죠. 돈도 별로 안 주지, 잘못하면 징역 처벌받게 돼 있지, 아무래도 힘들잖아요. 그러니까 천문관 연구원 두 사람이 다 그만두었습니다. 그래도 다행히 아르바이트생 두 사람을 뽑아서 유지하더라고요."

양식도 미영과 비슷한 표정이 되었다. 그리고 한참 동안은 별다른 대화가 이어지지 않았다.

심사관에 다시 은하교통연합의 소행성 위험 안내 자료를

접수하고 오는 길에 미영이 실장에게 물었다.

"그런데 그렇게 해서 정말로 하늘에서 소행성이 떨어지는 것을 대비할 수 있다고 생각하세요?"

실장은 한참 고민하더니 조심스럽게 되물었다.

"처벌을 징역 1년이 아니고 최소 2년 정도로 더 무겁게 해야 할까요?"

— 2019년, 김포공항에서

제 2 행성

파 동 행 성

우주선 출발을 준비하고 있던 양식은 목적지를 듣고 미영에게 물었다.

"사장님, 그 행성은 정규 교통편 범위 밖에 있는 행성 아니에요? 그런 행성에는 뭐가 있을지 모르잖아요. 그런 데로 오라는 데 그냥 가도 되는 거예요?"

미영이 대답했다.

"그렇다고 위험 행성으로 표시된 곳도 아니잖아. 그렇게 먼 곳도 아니고. 한번 가보자고. 와주기만 해도 고맙다고 수고비를 준다잖아. 요즘 같이 장사 안될 때 그게 어디야. 그리고 따지고 보면 그렇게 전혀 모르는 곳에 가는 것도 아니고."

"그냥 왔다 갔다 하는 수고비 준다는 것 때문에 알지도 못

하는 행성에 막 날아가본다는 것은 우리가 사업을 시작할 때 정한 목표랑은 너무 먼 느낌인데요."

"알지도 못하는 행성은 아니라니까. 그리고 우리 사업 목표랑 오히려 가까운 이야기고."

양식은 미영의 설득에 우주선을 움직였다. 우주선이 초공간 도약에 성공하여 빠르게 움직이는 동안 미영은 양식에게 그 행성이 어떤 곳인지에 대한 이야기를 들려주었다.

미영이 양식을 만나 지금 회사를 차리기 전, 미영은 어떤 회사를 누구와 같이 차려볼지 한동안 이것저것 궁리하며 계획을 세우고 준비하는 시간을 보냈다. 그렇지만 이 사람 저 사람 만나봐도 좋은 사업 계획을 찾기란 힘들었다.

일이 보람차 보이면서도 망하지 않고 버틸 수 있을 것 같은 사업은 거의 없어 보였다. 우주선들이 길을 잃고 실종되기로 악명 높은 해바라기 은하계의 지네 신부 행성 지대에서 우주 괴물들을 사냥하자는 사업 계획은 무척 짜릿하고 재미있어 보이기는 했다. 하지만 하나밖에 없는 목숨을 소모할 가능성이 높아 보이는 사업이었으므로 오래 할 수 있는 일은 아닌 것 같았다. 그에 비해 안드로메다 은하계의 농장 행성을 찾아다니며 지구에서 취업할 생각이 있는 청년들을 모아서 데려온다는 사업 계획은 제법 편하게 돈을 벌 수 있을 것처럼 보였지만, 아무래도 순진한 사람들을 속여 먹는 것 같았다.

그런 식으로 시간을 보내다 미영은 화성 정부에서 지원하는 창업 지원 프로그램에도 등록하게 되었다. 사업을 시작하는 데 어려움을 겪고 있는 사람들에게 화성 정부에서 이런저런 도움을 준다는 프로그램이었다.

그러나 정말로 도움이 되는 지원은 거의 없었다. 그나마 전화기 회사의 최신형 전화기 광고에 나올 법한 아주 반질반질한 클럽 같은 곳을 빌려서 한 달에 한 번씩 프로그램에 등록한 사람들이 어울릴 수 있도록 파티를 열어주는 것만이 기억에 남을 만한 지원이라면 지원이었다. 지구에서 수입한 값비싼 음식들이 펼쳐져 있는 뷔페에서 음식을 집어 먹으며, 그럴듯하게 차려입은 사람들이 잔뜩 모여 서로 "사장님"이니 "CEO님"이니 부르며 첨단 기술이나 최신 유행에 관해 어려운 단어를 많이 섞어가며 이리저리 떠든다. 그러면 당장 돈은 십 원한 푼 벌지 못하는, 사업을 준비하는 사람들이 모여 있는 것뿐이지만 뭔가 멋있는 일을 하는 것 같은 기분을 느낄 수 있었다. 그 정도가 화성 정부가 해줄 수 있는 최대한의 창업 지원이었다.

미영은 바로 그런 파티에서 최종필을 만났다. 최종필은 미영에게 같이 사업을 해보지 않겠냐는 말을 하며 다가왔다.

"이미영 CEO님은 바로 딱 말이 통할 것 같은 느낌이에요. 파동이 맞는 느낌, 아시죠?"

미영이 봤을 때 최종필은 상당한 미남이었다. 거기 사람들이 '트왈라이트 블루'라든가 하는 멋부린 단어로 부르는 독특한 조명을 받으니 더욱 잘생겨 보였다.

"제 사업 아이디어는 간단해요. 다들 들으면 바로 이해하지만 딱 그걸 채워주는 것은 없는, 그런 가려운 곳을 긁어주는 아이템이거든요."

미영은 '가려운 곳을 긁어주는 아이템'이랍시고 시작한 사업 중에 성공한 것은 효자손 제작 사업밖에 없다는 사실을 잘 알고 있었다. 예감이 좋지 않았던 미영은 적당히 대답해주고 바로 최종필 앞을 떠나려고 했다. 하지만 그만한 미남이 흔하지는 않다는 생각이 들어 아주 조금만 더 그의 말을 들어보기로 했다.

"굉장히 유명한 실험이 하나 있어요. 교과서에도 나오는 실험인데요. 똑같은 꽃을 두 포기를 심어서 기르면서 한 포기에는 시간 날 때마다 계속 '꺼져버려, 더러운 놈'이라고 나쁜 말을 하고 다른 한 포기에는 '사랑해, 아름다워'라고 좋은 말을 계속 해주는 거예요. 그랬더니 나쁜 말을 해주었던 꽃은 시들시들 잘 자라지 못했고 좋은 말을 해주었던 꽃은 무럭무럭 잘 자랐다는 거예요."

거기까지 이야기를 들었을 때 최종필이 '이 정도 이야기를 들으면 듣는 사람이 너무 신기하고 감동적이라서 놀라겠지'

라는 듯한 느낌으로 기대하는 표정을 짓는 것을 미영은 보았다. 그 표정을 굳이 보여주지만 않았다면 미영은 그냥 별 의미 없이 '응'하는 소리라도 한번 내주려고 했다. 하지만 그냥 무표정하게 있기로 했다.

"우리는 바로 이 원리를 이용해서 식물이나 동물이나 사람에게 좋은 힘을 줄 수 있는 그런 걸 개발해보려고 하거든요."

그 말을 듣고 미영은 이렇게 말했다.

"슛스쇼슛스쇼으으스쇼."

"예?"

"방금 제가 한 말이 좋은 말인지 나쁜 말인지 아시겠어요? 제가 그 말을 계속 들려주면 꽃이 잘 자라나요, 못 자라나요? 모르겠죠? 모를 수밖에 없어요. 이거는 지구나 화성 사람들은 거의 모르는 포킷폰 행성 주민들이 쓰는 말이거든요. 무슨 말이 좋은 말이다, 나쁜 말이다 하는 것은 귀로 소리를 듣고 그 소리의 의미를 뇌에서 해석해야 알 수 있는 거거든요. 사람이라고 해도 말을 배우기 전에는 무슨 말이 좋은 말인지 나쁜 말인지 알 방법이 없다고요. 그런데 귀도 없고, 뇌도 없는 꽃이 그 말이 좋은지, 나쁜지 알아듣고 자라나는 정도가 바뀔 수가 있어요?"

그 말을 듣자 최종필은 좀 불쌍한 표정이 되었다. 그러나 최종필은 더 진지한 말투로 다시 말했다.

"그게 아니고요. 말을 알아듣지 못해도, 말하는 사람의 감정, 마음, 정신이 담긴 파동을 꽃이 느낀다니까요."

"슷스쇼슷스쇼으으스쇼."

"예?"

"무슨 파동이 느껴지는데요? 좋은 말 파동이에요? 나쁜 말 파동이에요? 모르겠죠? 사람도 상대방 마음과 정신을 그냥 느낄 수는 없어요. 무슨 정신을 도대체 어떻게 느껴요? 꽃이 뭘 어떻게 느낀다는 거예요?"

"의식하지는 못하겠지만, 그래도 그 좋은 감정의 파동에는 분명히 전달되는 게 있거든요."

"파동이라는 말도 참 황당하게 아무렇게나 막 쓰시는 거예요. 와이파이 아이콘 모양 비슷한 그림 많이 보면서 살다 보니까 그냥 괜히 '파동'이라고 하면 눈에 보이지 않는 신비한 힘 같은 걸 상상하시는데, 그게 그래서 도대체 뭐냐고요. 뭐가 있기는 있는 거냐고요. 뭐가 있는데요? 라디오나 전화기에서 쓰는 전파라는 것은 무슨 신기한 마법의 파동이 아니라 그냥 빛이에요. 빛을 멀리까지 비추어서 보내는 건데 그냥 사람 눈에 잘 안 보이는 색깔의 빛이라 안 보이는 것뿐이에요. 그 빛을 조금씩 가물거리면서 바뀌게 하면서 바뀐 정도를 기계로 감지해 소리로 바꾸는 방식으로 통신을 하는 거고."

미영은 말을 마쳤지만, 최종필은 그래도 어떻게든 더 설득

해보려고 했다. 자신의 생각이 맞는지 틀리는지를 따지고 싶은 것이 아니라, 자신이 믿고 있던 멋진 생각이 공격당했다는 느낌 때문에 자존심이 상해 애써 자기 말이 맞다고 주장했다.

그렇지만 대화가 길어지면 길어질수록 미영의 말이 여러모로 훨씬 더 이치에 맞았다. 미영은 겨우 꽃으로 실험을 해본 것만으로는 그것이 정말로 파동 비슷한 것이 실제로 있다는 뜻인지 아니면 그냥 우연의 일치인지 알기 어렵다는 점을 지적했다. 게다가 나쁜 말을 하다 보면 무심코 꽃을 나쁘게 대하게 될 가능성이 크니, 꽃을 기르는 행위는 실험과 무관한 사람 또는 로봇에게 맡기고 말소리만 서로 다르게 들려주는 방식으로 해야 공정하다는 점도 지적했다.

게다가 설령 좋은 말을 알아듣고 더 잘 자라는 식물이 세상에 있다고 해도, 식물이 소리를 느끼는 것인지, 진동을 느끼는 것인지, 감정을 느끼는 것인지, 그렇게 말소리를 느낀 후에는 어떤 원리로 식물이 자라나는 현상에 영향을 끼칠 수 있는지 차근차근 조사하는 것이 옳다고 지적했다. 그런 과정 없이 대뜸 세상 사람 아무도 모르는 정체불명의 파동이라는 것이 있고 그게 무슨 신비한 원리로 움직인다고 믿는 것은 마음속에 떠오른 이상한 생각을 그냥 떠드는 것뿐이지 않냐고 말했다.

결국 그날 최종필은 대단히 실망한 채로 돌아갔다고 한다. 대화를 하던 마지막 즈음에는 울었다는 것 같다. 처음에 최종필은 미영과 말이 통할 것 같다고 기대를 했기 때문에 그만큼 더 충격적으로 실망했는지도 모르겠다.

미영이 이야기를 마치자 양식이 물었다.

"그런데, 지금 우리한테 이 행성으로 찾아오라고 한 사람이 바로 그때 그 최종필이라고요?"

"맞아."

"그러면 더 위험한 거 아니에요? 예전에 같이 사업할뻔하다가 깨진 분이 원한 품고 복수하려고 사장님 부른 거 아니냐고요."

"무슨 원한? 그런 거 아니야. 그동안 최종필이랑 간간이 연락한 적도 있고 그랬어. 우리가 그때 같이 사업하려고 서류라도 한 장 썼던 것도 아니고, 원한 같은 거 없어."

"그래도 모르잖아요. 사장님, 우리 그냥 돌아갑시다."

"아니라니까. 최종필, 걔 결국 무슨 다른 사업 벌여서 엄청 성공했어. 지금 무진장 부자 됐다니까. 지금 우리가 가는 행성도 최종필이 돈 들여서 통째로 사들인 행성이야. 행성 하나가 전부 다 최종필 꺼라고. 이렇게 겨우겨우 먹고 살며 하루하루 버티는 회사 사장으로 있는 나한테 그렇게 성공한 걔가 무슨 복수할 필요가 있겠어."

"그래도요. 오래간만에 외딴곳에서 만나기에는 좀 껄끄러운 상대 같은데요."

"최악의 경우라고 해도 그냥 자기 돈 많이 벌고 성공했다고 자랑하려는 거겠지. 자랑하면 우리는 자랑 좀 들어주지 뭐. 그리고 수고비 받아서 돌아가면 되잖아."

미영과 양식이 최종필의 행성에 도착해 주위를 살펴보니, 확실히 자랑거리가 될 만한 곳이었다.

행성의 기후는 대체로 열대에 가깝게 조절되어 있었다. 드넓은 대지는 다양하고 아름다운 식물들로 온통 뒤덮여 있었다. 농업 행성 중에서 가장 발달한 곳과 비교해본다면 좀 뒤떨어져 보일 수 있겠지만 그럭저럭 괜찮아 보였다. 이 행성은 모든 토지가 논밭으로 뒤덮인 곳이었고, 그 드넓은 농토의 주인은 최종필 단 한 사람뿐이었다. 그 한 사람이 자랑스럽게 여기기에는 부족함이 없었다. 단조로운 곡식이 자라나는 넓은 땅이 거대한 바다처럼 한없이 펼쳐져 있어서 웅장한 느낌을 주는 풍경이 있는가 하면, 갖가지 색깔의 꽃들이 어지럽도록 다양한 모양으로 어울려 무한한 혼돈이 소용돌이치는 것 같은 느낌을 주는 곳도 있었다.

양식은 아름다움에 압도되고, 부유함에 압도되었다. 미영은 "나한테 자랑하려고 부른 것 같으니까, 나는 바라는 대로 마음껏 부러워해줘야지"라면서 우주선 밖으로 나갔다. 우주선 바로 앞에 나타난 안내 로봇을 따라 미영과 양식은 최종필이 사는 집을 향해 이동했다.

최종필의 집은 대체로 예쁜 편이었지만 좀 괴상했다. 겉모습은 옛날 숲속의 통나무집과 비슷해 보였는데 내부 구조는 21세기 서울 강남의 대형 아파트와 비슷했다. 그 두 구조를 하나의 건물에 담아내다 보니, 별 수 없이 어째 좀 엉킨 것 같은 느낌이 있었다. 곧 그 집과 아주 비슷한 느낌을 주는 차림새의 남자가 나타났다. 나이는 들었지만 과연 잘생긴 얼굴의 소유자인 최종필이었다.

"이미영 사장님, 오래간만이네요."

식사를 대접하는 동안, 최종필은 자신이 꾸민 행성이 얼마나 멋진 곳인지 설명했다.

"이곳은 꿈의 행성이에요. 우리가 꿈꾸던 바로 그 동화 같은 일이 정말로 일어나는 곳이 바로 이 행성입니다. 제가 이 행성을 사들인 다음에 개발하면서, 이 행성에 있는 식물들을 전부 다 생명공학 기술로 개조했어요. 식물이란 식물은 전부 다 개조했다니까요. 여러분, 뿌리에는 감자가 열리고 열매로는 토마토가 열리는 식물 들어보셨죠? 바로 그런 식으로 모든 식물을 개조했습니다."

그는 싱글벙글한 얼굴로 정원에 있는 들꽃을 한 포기 뽑아서 우리에게 들이밀었다. 그 꽃의 뿌리에는 이상한 동물 내장 같은 것이 붙어 있었다.

"보세요. 뿌리 바로 위쪽에 소리를 듣는 고막 같은 것이 있고요, 뿌리 중심에는 이렇게 간단한 뇌가 있어요. 이 뇌는 다른 기능은 없어요. 그냥 한국어 낱말 몇 가지를 알아듣고 좋은 말이면 영양분을 줄기로 잘 전달하고 나쁜 말이면 영양분이 전달되는 것을 막아요."

"뭐라고요?"

"아시겠죠? 이 행성에 있는 모든 식물은 정말로 좋은 말을 해주면 잘 자라고, 나쁜 말을 해주면 잘 자라지 못해요. 식물 뿌리마다 달린 뇌는 단순하고 작은 거지만 진짜 사람 뇌 비슷한 뇌가 달린 것이기 때문에 말투에 실린 작은 감정의 차이도 느끼거든요. 그래서 이 행성에서는 식물을 잘 기르려면 정말로 식물에게 진심을 담아서 좋은 말을 해줘야 해요. 우리가 상상하던 그 따뜻한 마음이 식물에게 전달되는 아름다운 세상이 바로 이 행성이라고요."

양식은 먹고 있던 양상추 샐러드를 가만히 쳐다보았다. 이 양상추도 샐러드를 만들기 전에 뿌리에 있는 뇌 부분을 잘라내어 다듬은 흔적이 있었다. 다른 채소와 곡식도 마찬가지인 것 같았다.

"이미영 사장님께 부탁하고 싶은 일도 이 세상의 이런 특징과 관련이 있어요. 이곳에서 식물을 잘 기르기 위해서는 특별한 일을 할 일꾼들이 있어야 하거든요. 돈 벌고 싶은 사람들

중에 그런 일 할 사람들을 모집해서 좀 데려다주실 수 있으실까, 사장님께 부탁 좀 드리려고요."

식사를 마친 후, 계획했던 대로 미영은 최종필의 제안을 딱 잘라 거절하고 오직 수고비만 받고 떠나기로 했다.

떠나면서 보니, 이 행성 곳곳에는 다른 가난한 행성에서 데려온 수많은 사람들이 열심히 일하고 있었다. 그들은 작물들이 잘 자라날 수 있도록 하루 종일 논밭을 돌아다니며, "사랑해" "사랑해" "사랑해"라고 가능한 한 진심을 다하는 척 외쳐야 했다.

— 2019년, 삼성동에서

제 3 행성

정 지 행 성

미영과 양식은 정지 행성에 일찍 도착해서 한가롭게 거리를 구경하고 있었다. 한참을 그렇게 걸어 다니다가 양식이 미영에게 물었다.

　"그런데 좀 이상한데요. 이 행성 사람들은 다들 좀 지나치게 미녀미남들인 것 같지 않습니까, 사장님?"

　"그렇네. 뭐, 그럴 만한 이유도 있고……."

　양식은 미영의 말투에서 이상한 점을 알아차렸다.

　"그럴 만한 이유요? 무슨 이유가 있는데요?"

　"뭐, 뻔한 거지. 별 대단한 일인가. 그게 다 그렇지 뭐."

　미영은 무엇인가 숨기려는 것 같았다. 양식이 몇 차례 끈질기게 캐묻자, 미영은 그제야 상황을 모두 설명했다.

"이 행성에 있는 사람들은 사실 전부 로봇이야. 이 행성에는 사람이 아무도 안 살아. 왜냐하면 이 행성은 태양계 과학 실험장으로 운영되고 있는 곳이거든. 혹시나 아주 새로운 과학 실험을 하다가 큰 사고가 터져도 다치는 사람이 없게 아예 행성 전체에 사람이 안 사는 거야."

"아무리 과학 실험이 위험해도 행성을 통째로 비워두고 로봇만 살게 한다고요?"

"그럴 수도 있지. 최신 이론으로 한 번도 안 해본 실험을 한번 해봤는데, 잘못해서 엄청나게 큰 폭발이 일어나서 행성이 통째로 쪼개져버린다. 그러면 어떡할 거야? 그 정도로 위험한 실험을 한다면 행성을 통째로 전부 다 비워놓는 게 상책은 상책이지."

양식은 그렇구나 싶어 고개를 끄덕거렸다. 그런데 그러다가 문득 든 생각에 다시 미영을 쳐다보았다.

"잠깐만요. 그러면 지금이라도 그렇게 엄청난 실험을 할 수도 있다는 거잖아요? 우리가 여기서 만나야 할 사람이 누구인데요?"

"새로운 시공간 통제 장치를 실험하겠다고 하는 사람. 이 사람이 하겠다는 실험이 정말로 진지하게 해볼 가치가 있는지 한번 가서 보고 오라고 토성공립대학에서 의뢰해서 우리가 여기까지 온 거고."

"그러면 그 실험이 진짜로 너무 위험해서 이 행성이 통째로 폭발할 수도 있는 거 아니에요? 사장님, 이런 게 우리가 사업을 처음 시작할 때 세운 목표에 맞는 일입니까?"

"그렇게 위험한 거 아닐 거야. 실험 신청서도 그렇고 발급받은 안전 등급에도 구경하는 사람한테까지는 위험이 없을 거라고 나와 있다고."

"그래도요. 토성 대학 연구팀 사람들이 너무 위험해 보여서 자기들이 보기 싫으니까 대신 가서 한번 보고 오라고 우리한테 의뢰한 거 아니에요?"

미영은 다시 한번 그 정도로 위험한 일은 아니라고 강조했다. 그렇지만 양식도 자기주장을 강하게 내세웠다. 둘은 이 행성 특유의 파란색 저녁노을을 보면서 한참 논쟁을 하다가, 결국 우주선을 탄 채로 실험을 구경하기로 타협을 보았다. 우주선을 탄 채로 최대한 가까이 가서 실험을 구경하다가, 뭔가 잘못될 것 같으면 즉시 우주나 초공간으로 대피한다는 계획이었다.

우주선이 실험실에 도착했을 때, '마법사'라고 자신을 소개한 사람은 건물 밖에 나와 있었다.

"우선 저 사람하고 인사하고 대충 설명은 들은 다음에, 실험 시작하려고 하면 그때 다시 우주선 안으로 들어가자고. 일단 명함 주면서 소개는 해야 하지 않겠어요? 언제 저 사람이랑 엮이고 엮여서 의뢰 따게 될 줄 혹시 누가 알아?"

미영의 제안에 따라 양식은 우주선 밖으로 나왔다.

마법사라는 사람은 생각했던 것에 비해서는 매우 건실하고 멀쩡한 사람으로 보였다. 양식은 좀 놀랄 정도였다. 하지만 한편으로는 처음 보는 사람인데도 저 사람이랑 엮여서 의뢰를 딸 일은 앞으로 영원히 생기지 않을 것 같다는 생각도 함께 들었다.

말씀 많이 들었습니다 하하 먼 길 오시느라 수고하셨습니다, 허허 아니요 뭘 은하 횡단 초공간 도약으로 오니까 금방이던데요, 이런 항상 하는 말들을 8분 정도 나눈 후에 미영은 그래서 도대체 무슨 실험을 어떻게 하는 거냐고 물어보았다. 마법사는 대답하기에 앞서 6분 정도 시간을 더 소모하면서 자기가 하는 실험이 얼마나 중요한 것이고 왜 철저하게 비밀을 지켜야만 하는 것인지 설명했다.

몇 번씩 "예, 잘 알겠습니다"라고 미영과 양식이 다짐을 한 후에야 마법사는 다음과 같은 이야기를 들려주었다.

"옛날 동화책이나 소설책 보면 왜 시간을 멈추는 마법 있잖아요. 제가 그걸 할 수 있는 기술을 입수했어요."

"시간을 멈춘다고요?"

"예, 시간이 멈춰서 세상 아무것도 움직이지 않는데 나 혼자만 움직일 수 있는 그런 마법 아시죠? 예를 들어서 다른 사람이 고기반찬 집어 가서 먹으려고 할 때, 시간을 멈추고 내가 몰래 빼앗아서 집어 먹은 뒤에 다시 마법 풀리면 그 사람은 갑자기 고기반찬이 없어져서 깜짝 놀라고, 그런 거요."

양식은 시간을 멈춘 뒤에 해보고 싶은 일이 고작 고기반찬 빼앗아 먹기라니 참 독특한 예시를 드는 사람이구나 하고 생각했다. 미영은 그와는 다른 생각을 하는 것 같았지만 마법사를 좀 괴상한 사람으로 여기는 듯한 표정은 양식과 마찬가지였다.

미영이 물었다.

"그게 어떻게 가능한 거지요?"

"제가 이 행성에 72년 전에 추락한 무인 우주선을 찾았어요. 그 우주선에 초고성능 컴퓨터가 실려 있었는데, 우주선 추락에도 부서지지 않고 계속 동작하고 있었습니다."

"72년 동안 계속 동작하고 있었던 초고성능 컴퓨터라는 말이에요?"

"예. 그런데 우주선이 추락할 때, 그걸 지켜보던 사람이 무선 통신으로 '멈춰, 무슨 수를 써서라도 멈추라고, 멈춰!'라고 마지막으로 말했던 것 같아요. 컴퓨터는 그 말을 듣고 멈출 수 있는 방법만 계속 연구한 거예요. 심지어 추락한 후에도 계속, 72년 동안."

다음 말을 하기 전에 마법사는 막아도 새어 나오는 듯한 느낌으로 희미하게 웃었다.

"그리고 그렇게 이미 추락한 우주선 속에서 멈출 수 있는 모든 방법을 가지각색으로 72년 동안 연구한 끝에 정말로 아예 시간을 멈춰버릴 수 있는 기술까지 개발해버린 것 같더라고요. 시간을 멈출 수 있다니, 정말 마법 같지 않아요?"

마법사는 어릴 적부터 진짜 마법이나 초능력 같은 것을 배우는 게 꿈이었다고 말했다. 그리고 그런 것을 찾아 우주를 떠돌아다녔다고 했다. 주위 사람들 중에 자기보다 공부 잘한다고, 자기보다 인기가 많다고, 자기보다 더 좋은 직장에 취직했다고 으스대고 뽐내며 자신을 무시하는 사람에게 '그래, 너는 연봉을 몇 푼 더 벌겠지. 하지만 나는 마법을 쓸 줄 알아'라고 언젠가 보란 듯이 자랑하고 싶었다고.

그러나 아무리 이곳저곳을 기웃거려봐도 마법 비슷한 것을 찾기도 쉽지 않았는데, 우연히 이 낯선 행성에서 옛날 컴퓨터가 만들어놓은 신비한 기술을 발견했다는 이야기였다.

"제가 정말로 완벽하게 시간을 멈추는 기술을 쓸 수 있을까요? 선생님들이 한번 지켜봐주세요. 그리고 제가 멋지게 성공하면 토성 대학교수님들께 알려주세요."

마법사는 그렇게 말하고 컴퓨터에게 명령을 내리려고 돌아섰다. 마법사의 얼굴은 기대로 가득 차 있었지만 상쾌해 보이지가 않았다. 자기는 반드시 지금보다 더 멋지게 살아야만 한다는 믿음이 지나치게 굳건한 사람이 팍팍한 세상에서 느끼는 억눌린 감정이 덕지덕지 붙어 있었다.

이제 무슨 일이 정말로 터질 것 같다는 예감이 들어 양식은 미영에게 손짓했다. 우주선 안에 들어가서 구경하자는 뜻이었다.

두 사람은 우주선 안으로 들어가 마법사를 지켜보았다.

마법사는 컴퓨터와 연결된 듯 보이는 탁자만 한 작은 기계 장치를 이리저리 조작했다. 그러자 갑자기 큰 소리가 몇 번 울리더니 미세하지만 선명하게 땅이 떨리는 느낌이 났다. 확실히 제법 큰일이 벌어지고 있는 것 같았다. 양식은 우주선 조종 장치를 붙잡고, "도망칠까요?"라고 미영에게 묻기까지 했다. 온 우주의 시간을 멈추는 놀라운 장치가 지금 작동되고 있는 것일까?

그런데 갑자기 기계가 꺼진 것 같았다. 마법사는 의아한 표정으로 미영과 양식을 쳐다보았다. 두 사람은 우주선 밖으로 나와 일이 어떻게 되었는지 물었다. 마법사가 대답했다.

"정상적으로 작동되었다는 표시가 분명히 나왔거든요. 그러니까 이 컴퓨터가 저만 빼고 온 우주의 시간을 다 멈춰버리는 데 성공한 거예요. 그런데 이상한 게, 그렇게 된 후부터는 깜깜하니 아무것도 보이지 않더라고요."

"아무것도 안 보여요?"

"예. 그냥 깜깜했어요. 덜컥 겁이 났어요. 혹시 장치가 잘못돼서 온 세상의 모든 태양과 별들을 다 파괴해버린 것은 아닌가 싶어서요. 그래서 그만두자고 했더니, 이제 잘 보이네요."

그 설명을 듣고 양식은 정말로 우주를 통째로 파괴할 수도 있는 장치인가 싶어 겁이 났다. 한편 미영은 뭔가 고민하는 눈치였다. 미영은 정말로 컴퓨터가 제대로 작동되었는지, 장치의 계기판을 잠깐 살펴보았다.

미영이 마법사에게 말했다.

"아무래도 빛까지 멈춰버린 것 같은데요."

"그게 무슨 말씀이신가요?"

"시간을 멈춰서 모든 물체의 움직임을 멈춰버렸잖아요. 그런데 사실 우리가 물체를 볼 수 있는 것은 빛이 있기 때문이잖아요? 태양이나 별에서부터 광자라고 하는 조그마한 빛 알갱이들이 나와서 그게 눈에 들어오는 거니까. 광자가 날아다니면서 이리저리 부딪히다가 사람 눈 속까지 들어오는 게 바로 뭔가 보인다는 거거든요. 만약에 모든 광자의 움직임까지 다 멈춰버린다면 더 이상 눈으로 들어오는 광자도 없을 거고 그러면 아무것도 없이 깜깜하겠죠."

"그래서는 곤란하겠는데요. 프로그램을 바꿔서 광자는 계속 움직이게 하면 어떨까요?"

"그래도 별 소용이 없겠죠. 태양이나 별이 빛을 내뿜는 이유가 뭐냐면 거기서 핵융합 반응이라는 핵반응이 일어나면서 수소나 헬륨 같은 원자가 다른 원자로 변할 때 빛이 튀어나오는 거거든요. 만약에 시간이 흐르지 않아서 그 원자들이 그대로 멈춰 있고 다른 원자로 변하는 현상이 일어나지 않으면 더 이상 태양이나 별도 빛을 내뿜지 않겠죠. 그러면 캄캄하기는 매한가지죠."

"시간을 멈추면, 태양도 가만히 있을 거니까 빛이 더 이상 생겨나지 않는다는 거네요."

마법사는 당황했는지 고민하는 모습이었다. 그렇지만 자신을 비웃던 사람들을 눌러줄 굉장한 것을 찾아냈다는 애초의 흥분감 때문에 그는 아주 빨리 대책을 마련했다.

"시간을 멈춰도 저는 움직일 수 있는 장치니까, 제 옷이랑 헬멧에 전등을 달아두고 그 불빛으로 비추면서 보면요? 바깥 세상의 광자들이 모두 멈춰서 움직이지 않게 되었다고 해도 제가 새로 빛을 비춰 보면 되니까 괜찮겠죠."

미영과 양식은 그런 식으로 쉽게 생각해서 될 일인가 싶었다. 그러나 마법사는 말릴 겨를도 없이 다시 시간을 멈추는 장치를 작동했다. 그런데 이번에도 얼마 지나지 않아 마법사는 기계 작동을 중단시켰다. 사실 시간이 멈추는 것을 당하는 입장인 미영과 양식으로서는 마법사가 멈춘 시간이 1초인지 20년인지 구분할 방법은 없었다. 그런데 마법사를 보니 별로 시간이 오래 지난 것 같지는 않았다. 그는 어디인가 심한 감기라도 걸린 것처럼 몸을 부들부들 떨고 있었다.

마법사가 말했다.

"아까보다 아주 조금 더 오래 시간을 멈춰보려고 했는데요. 주변이 갑자기 엄청 추워지더라고요. 얼어 죽는 줄 알았어요. 그래서 급히 다시 시간을 흐르게 했습니다."

미영이 이번에는 단번에 문제를 알아챘다.

"공기까지 다 멈춰버린 거예요. 무슨 물질이든 그게 뜨겁거나 차갑다는 온도가 있다는 것은 사실 그 물질을 이루고 있는 원자나 분자들이 얼마나 빠르게 떨리거나 움직이고 있는지를 말하는 거거든요. 그러니까 공기를 이루고 있는 질소 분자나 산소 분자가 빠르게 날아다니고 있으면 그런 상태를 사람의 피부는 덥다고 느끼는 거고, 만약에 공기 속의 질소 분자, 산소 분자가 좀 천천히 날아다니고 있으면 그런 상태를 춥다고 느끼는 거죠."

"그러면 시간이 멈추면서 질소 분자, 산소 분자가 아예 전혀 안 움직이고 그 자리에 그대로 굳어버린 건가요? 그런 상태는 온도가 몇 도로 느껴지는 건가요? 좀 많이 춥게 느껴지나요?"

"많이 춥게 느껴지는 정도가 아니에요. 그런 상태를 절대 영도라고 부르지요. 섭씨 영하 273도입니다."

"공기 분자의 움직임까지 다 멈추게 되면 섭씨 영하 273도로 느껴진다고요……. 그러면 많이 추울 만도 하네요."

마법사는 좀 더 실망한 듯 보였다. 하지만 그가 다시 활기를 찾는 데 시간이 오래 걸리지는 않았다.

"아주아주 따뜻한 털옷을 입고 다시 실험을 해보겠습니다."

양식은 좀 진정하고 확실한 대책을 찾아보자고 마법사를 말렸다. 하지만 마법사는 "이번에는 정말 제대로 보여드리겠습니다"라고 하더니 다시 급하게 장치를 작동시켰다. 미영과 양식은 놀라서 우주선 안으로 숨었고, 이번에는 아예 초공간 도약 준비 상태로 있기로 했다.

그러나 이번에도 마법사는 얼마 지나지 않아 멈춘 듯 보였다. 다만 이번에는 안색이 훨씬 안 좋아 보였다. 어딘가 아픈 것 같기도 했다.

"괜찮아요?"

"아이고, 어째 온몸이 욱신욱신한대요. 이번에는 제가 안 멈추려고 했는데 컴퓨터가 저절로 멈춰버렸어요."

"이거, 컴퓨터 속에 있는 칩이 다 망가진 것 같은데요?"

"칩이 망가져요? 왜요?"

마법사는 자신의 자존심과 삶의 보람을 증명해줄 기계가 한순간에 망가졌다는 생각에 놀란 듯 보였다. 미영이 마법사에게 다시 설명했다.

"양자이론에서 불확정성 원리 아시죠?"

"초등학교 때 배운 정도는 알지요."

"불확정성 원리 때문에 어떤 물체든지 그 위치와 속도가 동시에 완벽히 정확하게 정해질 수는 없거든요. 한계가 있다고요. 그런데 시간을 멈추는 장치는 모든 물체의 움직임을 멈추게 하니까 속도를 점점 줄어들게 만드는 거잖아요? 불확정성 원리 때문에 그러면 그럴수록 위치를 점점 정확하게 정할 수가 없게 될 거라고요. 만약에 시간을 완전히 멈춰서 모든 물체의 속도를 완벽하게 0으로 만들어 버리면, 위치를 정할 수 없는 정도는 무한대가 될 거고요."

"무슨 말인지 잘 모르겠는데요. 그래서 모든 물체의 위치가 없어진다, 뭐 그런 건가요?"

"위치를 정할 수 없는 정도가 무한대가 되었다는 이야기는 어떤 물체가 갑자기 우주 어디에 있어도 이상할 것 없다는 뜻이라고요. 몸을 이루고 있는 원자나 분자가 갑자기 다른 별이나 다른 은하계에 가 있어도 말이 돼요. 아마 그런 식으로 몸을 이루는 분자들이 이리저리 떨어져 나가서 지금 몸이 아프신 것 같아요. 컴퓨터도 칩 속의 전자와 회로를 이루는 반도체 원자들 사이에 머나먼 곳에서 갑자기 나타난 원자들이 들어와 박히는 바람에 부서진 것이겠죠."

마법사는 설명을 들어도 여전히 이해하지 못하겠다는 얼굴이었다. 그러지 않으려고 하는 것 같기도 했다. 그는 그저 부서진 컴퓨터를 붙들고 어떻게든 다시 켜보려고 애썼다.

돌아오는 길에 양식이 미영에게 물었다.

"그런데, 생각해보면 엄청난 장치 아닌가요? 시간을 멈춘다는 게, 그냥 시간 멈췄을 때 남의 고기반찬 빼앗아 먹을 수 있는 정도의 문제가 아니라 온 우주를 멈춘다는 거니까, 분명히 굉장한 에너지를 다룰 수 있는 장치잖아요. 마지막에 양자 이론의 불확정성 원리, 그대로 된다면 시간을 멈추는 기술로 온 우주를 다 산산이 흩어져 부서지게 만들 수도 있다는 뜻 같기도 하고요."

미영이 대답했다.

"지금은 다 망가졌잖아. 복잡하게 생각하지 말고 그냥 수고비나 받자. 그냥 막연히 꿈꾸면서 마법처럼 좋다고 생각한 일도 막상 실제로 현실이 되고 보면 이것저것 골치 아픈 문제가 가득할 때가 많거든. 원래 세상일이 다 그래요."

— 2020년, 테헤란로에서

제 4 행 성

양 육 행 성

어느 나선 은하계의 외곽 지역을 통과하고 있을 때였다. 우연히 성간 통신망 글이 하나 통신기에 잡혔다. 신호의 압축 방식이 약간 특이해서 처음에는 오류가 아닌가 싶었지만 오류 신호치고는 규칙성이 있어 보였다. 미영은 우주선에 설치된 수신 프로그램을 조금만 고치면 그 신호를 읽어낼 수 있을 거라고 생각했다.

미영이 프로그램을 수정하는 것을 보고 양식이 말했다.

"누가 어디에 올린 건지도 모르는 신호를 우연히 수신했다고 해서 그걸 꼭 그렇게 해독하려고 애써야 하는 거예요? 그런 일에 시간 쓰고 회사 장비 쓰고 하면서 너무 신경 쓰는 게 우리가 이 사업을 처음 시작한 목표하고 맞아떨어지는 느낌은 아닌데요."

"김양식 이사가 한번 보라니까. 꼭 읽을 수 있을 것 같은 신호인데 이상하게 아주 약간 형식이 달라서 해독이 안 되잖아. 이런 거 보면 내 손으로 조금만 고쳐서 되게 하고 싶지 않아?"

"사장님, 어릴 때 컴퓨터 게임할 때 마지막판에 아깝게 게임 끝나면 열받아서 처음부터 다시 하고, 또 하고 그런 성격이셨죠?"

양식은 그렇게 되물었다. 하지만 어깨너머로 미영의 작업을 지켜보다 자기도 곧 그 일에 빠져들고 말았다.

그렇게 두 사람이 지구 표준 시간으로 세 시간이 넘게 통신 신호를 붙들고 이리저리 프로그램을 조작한 끝에 드디어 신호가 담고 있던 내용을 글로 표시할 수 있었다.

글은 대략 이렇게 시작했다.

털이 까맣고 로봇들 말을 넘넘 잘 듣는 귀여운 아기 사라미를 분양합니다. 새 가족을 찾아요. 이제 겨우 서른을 갓 넘은 아주 어린 사라미입니다.

굉장히 순하고요. 당분 영양액도 잘 먹고 단백질 알약도 잘 먹어요. 시중에서 사료로 파는 합성고기나 케이크 같은 것도 정말 잘 먹습니다.

그리고 지구형 행성에서 자라나는 식물의 씨앗이나 식물

의 열매 같은 것을 던져줘도 자기가 알아서 오물쪼물하면서
까먹습니다. 너무 신기함! 그렇지만 라미가 먹으면 안 되는
씨앗이나 열매도 우주에는 많은 편이니까 라미에게 던져주
기 전에 꼭 세포분석기로 검색 한번 해보시고 '호모 사피엔
스 안전' 아이콘 뜨면 주시기 바랍니다.

　제가 다른 은하계로 떠나게 되어 정말 눈물을 머금고 다
른 분께 저희 사라미를 보내려고 합니다.

여기까지 읽었을 때 미영이 말했다.

"이게 뭐야? '로봇들 말을 잘 듣는다'니, 이거 작성자가 로
봇인가?"

"그런 것 같은데요. 로봇이 자기가 기르는 동물을 맡아줄
로봇을 찾는다는 글을 올린 것 같네요."

"그런데 이 로봇이 기르는 동물이라는 게, 사람 같은데?"

"아무리 봐도 그렇죠? 사람을 애칭으로 '사라미' 아니면 대
충 '라미'라고 부르는 것 같네요. 로봇이 굉장히 성능이 뛰어
나서 기능이 높고, 어지간한 사람들보다도 훨씬 기술이 발달
한 상태라서 사람도 그냥 적당히 데리고 사는 동물 정도로 여
기고 있는 느낌이네요."

"도대체 이 로봇이 어디에서 사람을 기르고 있다는 거야?"

"다음 부분을 좀 읽어보면 알 수 있지 않을까요?"

그렇게 말하면서 양식은 다음 부분을 읽었다.

여러분, 라미는 잘만 관리하면 150년은 기르실 수 있는
것 아시죠?

면역치료액은 꼭꼭! 챙겨 먹이셔야 합니다.

우리 라미는 이미 노화방지시술이 되어 있어서 면역치료
액만 잘 챙겨주면 분명히 150년 정도는 건강하게 살 겁니다!

한 5년 전까지만 해도 저는 우리 라미도 산책 라미인 줄
알았거든요? 그래서 자동 로켓 하나 사다가 둥지 옆에 넣어
주었는데요. 알고 보니 우리 라미는 로켓 타고 다른 행성에
갔다 온다든가 하는 일에는 관심이 없더라고요. 근처 동물
병원에 데려갔더니 우리 라미는 로켓 발사 때 나는 소리도
무서워하고 무중력 상태도 싫어한대요. 흑흑.

그래서 산책 라미처럼 이 행성 저 행성 호기심 왕성하게
돌아다니면서 잘 노는 걸 보는 그런 재미는 저희 라미에게
는 없습니다. 흑흑흑. 저는 저희 라미도 아주 멀리 있는 행성
에 가서 자기가 직접 만든 깃발 꽂아두고 으쓱거리면서 웃
기도 하고 노래도 부르고 막 그럴 줄 알았는데 아쉽게도 그
런 라미는 아닙니다.

그.러.나!

우리 라미는 아주 전형적인 집라미랍니다. 집에서 혼자

노는 것을 얼마나 좋아하는지 몰라요! 집에서도 행성 전체를 다 돌아다니지 않고 정말 좁은 영역에서만 머물러서 살아요.

게으름둥이! 인터넷을 찾아보니까 집라미는 온도 17도에서 20도 정도, 기압 1기압 정도인 환경을 제일 좋아한다고 하네요. 아닌 게 아니라 우리 라미도 딱 그런 동산 한 군데를 찾아서 거기에서만 매일 빈둥거리며 놀아요.

그런데 게으름둥이 집라미이기는 해도 그냥 축 늘어져 있기만 하지는 않고요. 그 동산에서 계속 혼자 잘 놉니다. 알록달록한 천 조각 같은 거 몸에 맞게 잘 잘라서 넣어주면 그걸 옷이랍시고 몸에 두를 줄도 알고요. 가끔 라미 스스로 공기 중에 있는 산소하고 다른 물질을 반응시켜서 반짝이는 불꽃 같은 것을 만드는 재주도 부립니다. 음식을 그 불꽃에 닿게 해서 변형시켜 먹기도 하는데, 그게 집라미가 음식을 더 맛있게 먹기 위해 요리하는 행동이라고 합니다! 저도 최근에 알았음…….

가끔 지루해하면 사라미 용으로 나온 조그마한 컴퓨터 하나 장난감으로 넣어주세요. 최신 자료로 업데이트해서 넣어주면 정말 재미있게 갖고 논답니다. 그 컴퓨터에 나오는 이런저런 모양을 보는 게 정말 신기하고 기분 좋은가 봐요. 어떨 때는 입체 영상 프로그램으로 다른 사라미 모양을 나오게 해서 놀기도 한답니다. 하하하, 그게 진짜인 줄 아나?

그런데 사실 사라미는 컴퓨터에서 불러낸 가짜 영상이랑 진짜 친구 사라미를 구분할 줄 안다고 하잖아요? 우리 라미도 가만 보면 구분할 줄 아는 것 같기는 합니다. 그런데도 우리 라미는 자기가 컴퓨터로 불러낸 가짜 사람 영상이랑 놀 때 정말 진짜 사람과 노는 것처럼 열심히 논답니다!

짧은 시간이었지만 참 정이 많이 든 사라미입니다.

보통 사라미들은 대뇌 발달에서 감성 건강 조절하기가 어려운 게 참 고민이라고 하잖아요? 우울증약이나 안정제 같은 약을 음식에 섞어서 20년 이상 먹여야 하는 경우도 무척 많다고 하던데……. 우리 아이는 그런 문제로 속 썩인 적은 정말 단 한 번도 없는 튼튼하고 착한 라미입니다. 떠나보내는 마음이 너무 아섭네요.

가끔 자기가 필요한 게 있으면 두 손 모으고 기도하는데요. 그러면 사람 언어 해석기로 한번 잘 들어보세요. 머리카락이 너무 길어져서 자르고 싶다든가, 아니면 잘 때 사용하는 침대를 새것으로 바꾸고 싶다든가, 대부분 그 정도 내용입니다. 라미가 기도하는 대로 다 해주면 라미가 정말 정말 좋아해요!

사라미들 갖고 놀라고 가끔 엄청 비싼 장난감 같은 게 나올 때 있잖아요? 예를 들어서 원자력 엔진이라든가 초광속 도약 우주 비행선이라든가. 그런 거 괜히 손만 많이 가고 우리 아이는 재미있어하지도 않으니까 절대 사 주실 필요 없습니다. 그냥 쉽게 구하실 수 있는 헬리콥터나 공중 부양 장치 같은 거 정도만 넣어주시면 잘 갖고 놀아요. 굳이 그런 장난감 없이도 그냥 컴퓨터 소프트웨어 업데이트만 잘 되면 혼자 잘 노는 아이니까요.

보고 있으면 저절로 마음이 따뜻해지고, 우리 마음에 깊은 사랑과 감동을 줄 수 있는 그런 아이예요. 저에게는 최고의 반려사람이었습니다.

글의 뒷부분까지 거의 다 읽었을 즈음 양식은 짐짓 놀란 목소리가 되었다.

"저기 보이는 저 은하계 이쪽 구역에는 이런 식으로 로봇이 기르는 사람들이 여럿 있나 본데요?"

"확실히 그런 것 같지? 사람용 사료 같은 것도 나와 있는 것 같고, 사람을 데려가는 동물병원도 있는 것 같으니까. 분명히 사람을 키우는 로봇들이 많이 있을 거라고."

"괴상하네요. 사람이 동물병원에 간다니."

"저 로봇들은 동물병원이 아니라 로봇병원에 갈 테니까. 아니다, 로봇들은 병원에 갈 필요도 없이 그냥 패치 파일 업데이트 다운로드만 꼬박꼬박 받으면 되려나?"

글의 말미를 살펴보니, 그 로봇이 그 사람을 어디에서 기르고 있는지, 그 사람을 분양, 입양 받으려면 어디에 연락해야 하는 지 나와 있었다.

"이 로봇들이 사용하는 좌표 체계가 우리가 사용하는 은하 표준 방식하고는 조금 다르네요."

"그래도 얼른 가봐야 하니까 최대한 빨리 해독해보자고."

한참 힘을 모아 연구하고 토론한 끝에 둘은 겨우 그 로봇의 반려사람이 사는 행성의 위치를 정확히 알아낼 수 있었다.

행성까지 날아가는 동안 우주선 조종은 양식이 맡았다. 양식은 내내 불안하고 걱정스러웠다. 미영이 그렇게까지 조심스러울 필요가 있냐고 묻자, 양식은 이렇게 대답했다.

"아까 그 글에서 보셨잖아요. 사람에게 그냥 놀잇감으로 주는 컴퓨터라도 성능이 굉장히 뛰어난 것 같아요. 그리고 이 로봇들은 초광속 도약 우주선을 그냥 장난감으로 줄 정도의 기술이 있고요. 우리가 찾아오는 것이 싫다면 단숨에 내쫓을 수 있는 힘을 갖고 있을 거라고요. 그 행성에 사는 반려사람을 지키겠다고 접근하는 것은 뭐든지 다 부숴버리는 핵융합 대포 같은 방어 설비를 해뒀을지도 모르고."

"우리도 같은 사라미잖아. 설마 그렇게 무섭게 대하겠어?"

"그래도 걱정은 되잖아요."

다행히 미영과 양식의 우주선은 목적지 행성 표면에 무사히 착륙할 수 있었다.

"거봐. 그 수준 높은 로봇들은 사람이 찾아오는 걸 싫어하지 않는 것 같다니까."

"그게 아니라 제가 안 들키게 정말 살금살금 조종을 잘했기 때문에 무사히 온 것 같지 않습니까?"

"아니야. 그렇게 수준이 높은 로봇들에게 어떻게 안 들킬수 있겠어. 걔네들이 봐준 거지. 근데 그 로봇들이 우리까지 붙잡아서 자기들이 기른다고 하면 어쩌?"

미영은 한 로봇이 통신망에 '오늘 람줍했습니다!'하는 글을 올리는 장면을 떠올렸다. 미영이 그런 상상을 더 이어가기 전에 양식이 물었다.

"그런데 어디에서 그 사람을 찾죠?"

"이 행성은 그 로봇들이 사람 살기 딱 좋게 만들어 놓은 집이란 말이지. 그러니까 제일 낙원 같고 사람 살기 좋은 지역을 찾으면 거기가 그 사람이 사는 곳 아니겠어?"

그 말을 듣고 양식은 기상 정보를 확인해보았다. 온도와 바람, 기압과 햇빛의 양이 가장 좋은 지역이 행성에서 어디인지 검색해보았다. 미영과 양식은 그 장소로 이동했다.

도착해보니, 과연 낙원이라고 할만한 곳이었다.

날씨가 환상적인 건 물론이고, 초원으로 뒤덮인 아름다운 동산, 꽃과 나무가 조화롭게 펼쳐져 있는 숲, 듣기 좋은 물소리가 흐르는 계곡, 거기다가 야자수가 뭉게구름 아래에서 하늘거리는 해변까지 절묘하게 섞여 있는 곳이었다. 아름답다는 감동 이전에 어떻게 이런 경치가 가능할 수 있는지 놀라워 두 사람이 한동안 충격에 빠져 있을 정도였다. 사람이라면 그림으로 그리기도 쉽지 않을 풍경이었다. 지구에서 살면서 보는 경치 때문에 고정관념이 있어서인지는 모르겠지만, 이 정도로 아름다운 경치가 있으리라고는 상상조차 불가능한 영역이었다.

지금 두 사람이 보는 풍경은 사람의 상상력을 월등히 초월하는 지능을 갖춘 로봇이 '사람은 이런 것을 좋아하겠지'라고 계산해서 만들어준 지형이었다. 그리고 바로 그 풍경에 아주 자연스럽게 어울리는 사람이 해변에 비스듬히 누워서 놀고 있었다. 수영복 차림이었는데 로봇의 글에 나와 있는 대로 갓 서른 즈음 되어 보였다. 평범한 사람 같았지만, 언뜻 호감 가는 인상이었다.

미영이 뭐라고 말을 걸지 고민하는데, 그 사람이 먼저 미영에게 말했다.

"혹시 그 은하수 은하계의 지구가 있는 태양계 쪽에서 오신 분들이신가요?"

"예, 맞아요."

"사람이시고요?"

"그렇죠. 저희 둘 다 사람입니다."

그 사람은 손에 들고 있던 음료를 미영에게 권했다. 삼각형 유리잔 안에 담긴 것은 햇빛을 머금고 찰랑거리는 액체였다.

"이게 그 당분 영양액이라는 거예요."

"우와, 맛이 기가 막힌 데요."

"이 동네 로봇들이 사람들이 딱 좋아할 만한 걸 만들어낸 거니까요."

양식은 모르는 사람이 주는 걸 함부로 먹으면 어쩌냐고 말리려고 했지만, 미영의 행동이 좀 더 앞섰다. 그 사람은 미영에게 "여기는 어떻게 오신 거예요?"라고 물었다. 미영이 대답했다.

"선생님을 구출해서 지구나, 다른 사람 많이 사는 행성으로 데려가려고요."

"예? 저를 구출해서 딴 데로 데려간다고요?"

"네. 여기에서 계속 로봇들 구경거리로 살고 싶지는 않으실 거 아니에요."

그 사람은 한참 말없이 미영의 얼굴을 들여다 보더니, 짧고 강하게 웃었다.

"여기는 정말 살기 좋은 곳이에요. 왜 여기를 떠나요?"

"음, 선생님, 태어날 때부터 여기에서 계속 로봇이 돌봐주는 대로 사셔서 약간 세뇌되신 것 같은데요. 사람이 이렇게 갇

혀 사는 게 정상은 아니죠. 치료를 좀 받으셔야 할 것 같기도
한데. 하여튼 넓은 세상으로 나가셔서 다른 사람들과 부딪히
기도 하고, 사랑과 정도 나누면서 사람 사회의 일원으로 사셔
야 하는 것 아닐까요?"

"무슨 소리예요? 저는 울타리에 갇혀서 살고 있는 게 아닌
데요. 저기 로봇이 만든 우주선을 타고 날아가면 저는 언제든
지 이 행성에서 제 발로 벗어나서 다른 행성으로 갈 수 있다
고요. 그리고 제 마음대로 얼마든지 컴퓨터도 사용할 수 있고,
통신도 할 수 있어요. 제 인터넷 계정으로 지구 인터넷도 마음
껏 이용할 수 있다고요."

미영은 멈칫했다.

"그래도 이건 좀 아니지 않습니까?"

"아니긴요. 저 로봇들이 만들어주는 완벽한 음식과 옷, 멋
진 예술품은 다른 곳에서는 구경도 하기 힘들어요. 여기서는
가만있으면 쟤네들이 그걸 얼마든지 준다니까요. 게다가 저
로봇들은 저를 진심으로 사랑해요. 사랑한다고 판단하죠. 그
리고 저는 여기서 태어났고, 저 로봇들이 제가 태어날 때부터
저와 함께 해준 가족인데 여길 두고 제가 어디를 가나요? 지
구가 여기보다 훨씬 좋아요? 어떤 점이 더 좋아요?"

"뭐, 꼭 지구가 아니라도⋯⋯"

"제가 붙잡혀서 갇혀 사는 게 아니라, 로봇들을 이용하고

활용하면서 사는 거라고 생각하시면 어때요? 아니, 애초에 저런 고성능 로봇들이 왜 이쪽 은하계에 퍼져서 살고 있을까요? 제가 알기로는 옛날에 고성능 로봇들이랑 같이 이쪽으로 건너온 사람들이 있었는데, 그 사람들이 자기는 놀고 로봇들이 일해서 자기를 먹여 살리도록 프로그램 해놓았다고 해요. 그게 이 지역의 역사라고요."

결국 미영과 양식은 설득에 실패했다. 은하수로 돌아가는 우주선에는 두 사람만 타고 있었다. 미영이 말했다.

"그래도 일단 이런 곳을 우리가 발견했으니까, 은하 구조 위원회에 보고서는 보내자고. 보고서 보내면 일단 수고비는 조금 줄 테니까. 회사 살림에도 조금은 도움되겠지."

양식은 미영에게 다른 이야기를 꺼냈다.

"먼 옛날에 사람들이 로봇을 거기에 데려왔고, 사람은 일 안 하고 놀고 로봇이 사람 먹여 살리도록 프로그램을 짜두었다는 게 정말일까요? 그것도 그냥 로봇이 사람 기르면서 괜히 사람 기분 좋으라고 슬쩍 지어낸 이야기 아닐까요? 로봇이 사람을 기른다고 하면 사람들이 기분 나빠할 수도 있으니까, 그런 전설을 꾸며내서 로봇들이 퍼뜨려둔 거죠."

미영은 거기에 대해서는 아무 대답도 하지 않았다.

— 2020년, 서초에서

제 5 행성

의 미 행 성

양식은 미영이 알려준 길을 믿지 못했다.

"사장님, 우주선 가는 방향이 정확해요? 정말 이쪽으로 계속 날아가면 되는 거 맞아요?"

"맞아."

"그런데 아무리 가도 아무것도 없는 것 같은데요."

"지금 우리가 통과하는 지역에 목동자리 공동이 있잖아."

"공동은 아무것도 없는 텅 빈 공간이라는 뜻 아닌가요?"

"그렇지. 지구에서 볼 때 목동자리 별자리가 있는 방향으로 멀리멀리 쭉 가면 아주아주 넓은 텅 빈 우주 공간이 있다고. 별도 없고 은하계도 없고 그냥 텅텅 빈 허공만 굉장히 어마어마하게 넓게 펼쳐져 있는 지역이야. 그래서 거기를 목동자리 공동이라고 부르는 거지. 이 텅 빈 공간의 크기가 한 3억 광년 정도는 될거라고. 그러니까 지구가 포함된 은하수 은하계를 몇 천 개를 늘어놓아도 될 정도의 거리가 아무것도 없는 거지. 별도 없고 떠다니는 돌멩이도 없는 아무것도 없는 까만 허공만 계속된다는 거야. 바로 그런 엄청난 목동자리 공동이 여기 있다고."

양식이 가만 생각하더니 미영에게 다시 말했다.

"그런데 사장님, 공동이라는 게 아무것도 없다는 뜻이라면, 목동자리 공동이 있다고 말하는 것도 좀 이상하지 않나요? 아무것도 없는 게 있다?"

"그런가?"

미영은 원래 보고 있던 잡지로 눈을 돌렸다. 그런데 양식이 미영에게 재차 물었다.

"정말 제가 사장님께 여쭤보고 싶었던 건 그게 아니고요. 도대체 이렇게 아무것도 없는 목동자리 공동을 우리가 뭘 믿고 이렇게 헤매고 있냐는 거죠."

"목동자리 공동이라고 해도 정말 그 넓은 공간에 뭐가 조금도 없는 것은 아니야. 아주 드물지만 은하계나 별이 아주 듬성듬성 몇 개 정도는 있거든."

"사막의 오아시스 같은 건가요?"

"사막치고는 엄청나게 넓고, 오아시스치고는 엄청나게 작기는 하지. 하여튼 그래서 우리는 이 텅텅 빈 허공에 외따로 작은 은하계가 하나 있는 곳을 알게 됐는데, 거기가 우리 목적지야."

"그런 곳을 어떻게 해서 알아냈는데요?"

"억선녀 모임에서 알려 줬거든."

억선녀 모임이라는 말에 양식은 깜짝 놀랐다. 양식이 다그쳐 물었다.

"억선녀 모임이라고요? 사장님, 그 사람들하고 거래해요? 이건 우리가 이 사업을 시작한 목표하고는 완전히 어긋나는 일 아니에요?"

"뭘 또 그렇게 완전히 어긋나. 무슨 억선녀 모임 회원들이 부모님의 원수야? 그런 것도 아니잖아?"

억선녀 모임은 처음에 은하수 주변 은하계의 부유한 사람들 80명가량이 모여서 만든 친목 모임으로 출발했다. 처음에는 회원 숫자가 100명 정도라고 해서 '백선녀' 모임이라고 이름을 붙였다. 그러나 곧 회원 숫자가 100명을 넘어버렸다. 그래서 모임 이름을 바꾸기로 했는데 기왕 바꾸는 것, 은하계는 넓고 부자들은 많을 테니 회원이 1억 명이 될 수도 있지 않겠냐고 하여 '억선녀'로 이름을 바꾸었다고 한다.

미영과 양식은 얼마 전까지만 해도 그런 모임이 세상에 있다는 것도 몰랐다. 최근에 마금희 변호사라는 사람과 다툼을 벌였는데 그녀가 억선녀 모임 회원이라 알게 된 것이다.

양식이 아는 것은 그 정도였다. 하지만 미영은 어떻게 일거리를 얻어보려고 이 사람 저 사람에게 명함을 돌리며 아는 척을 하다가 억선녀 모임의 다른 사람과도 연결된 것 같았다.

양식이 말했다.

"억선녀, 엄청 무서운 사람들 모임이래요. 왜, 저번에 소마젤란 은하에서 전쟁 났을 때, 억선녀 모임 회원 세 명인가가 자기들도 전쟁해보면 재미있겠다고 자기들 우주 전함을 타고 거기에 갔잖아요. 그런데 그 우주 전함이 너무 강력해서 한쪽 군대가 온 힘을 다해서 공격했는데도 아무 위협도 안 된 거, 그 사건 아시죠? 어차피 억선녀 모임 회원들은 기술이 워낙 뛰어나고 가진 게 많은 사람들이라 그 사람들한테는 한 행성의 군대도 그냥 장난 수준으로 보이니까 재미 삼아 전쟁에 끼어들고 그러는 거죠."

"그 사건은 나도 기억하는데, 그렇다고 우리가 무슨 전쟁을 하러 가는 건 아니잖아."

"전쟁까지는 당연히 아니겠죠. 그런 일이었으면 우주선이 대기권 밖으로 나오기도 전에 제가 절대 안 된다고 반대했을 거니까요. 그렇지만 아주 정상적인 일은 또 아닐 거라고요."

그러자 미영이 양식을 쳐다보았다.

"당연히 정상적인 일은 아니겠지. 그러니까 우리 회사 같은

데도 일감이 떨어진 것이고. 어쩌겠어? 회사 차려서 하고 싶은 일만 하고 어떻게 먹고 살겠어? 21세기 한국에서 내려오는 사업에 관한 명언이 있잖아. '돈을 번다는 것은, 남이 하기 싫은 일을 내가 하고 그 때문에 돈을 받는 것이다.'* 그 말이 맞아. 무슨 스타트업 회사라고 하면서 남들 보기에 폼나는 일, 일하는 동안 다들 재미있고 즐겁기만 한 일, 그런 멋있는 일만 하면 돈은 어디서 어떻게 떨어지는 건데."

과연 억선녀 모임 회원이 주었다는 정보는 틀리지 않았다. 그 무엇도 영원히 없을 것만 같은 허공의 어귀에 뭔가 있었다. 온 세상이 어느 날 갑자기 통째로 사라져버린 것처럼 끝없던 검은 공간의 한 켠에 결국 작은 은하계 하나가 보였다.

"정말로 은하계가 있네요. 좀 작기는 하지만."

"작아도 은하계는 은하계지. 그래도 저 은하계를 이루고 있는 별이 수억, 수십억 개는 될걸."

그 수십억 개의 별 중에 어느 별을 찾아가야 하는지도 처음에 받은 정보에 나와 있었다.

양식은 초공간 도약의 시공 위상을 조절해서 한 은하계 안에서 우주선이 자연스럽게 움직일 수 있도록 조절했다. 그때껏 굉장한 거리를 도약해 움직여온 터라, 바로 별 사이를 돌아

* 실제로는 소만사 김대환 대표가 남긴 말.

다니며 정확히 한 행성을 찾아가는 일이 쉽지는 않았다. 그 탓에 양식은 우주선 조종에 고생을 좀 했고 "그러게 왜 이런 데를 오자고 하셔서"라고 몇 번씩 투덜거렸다. 그러면서도 양식은 상당한 솜씨를 발휘해서 긴 시간이 지나기 전에 우주선을 목적지 별 주변까지 도달하게 했다.

"그런데 저건 뭐야?"

우주선 감지 장치에 나타나는 가시광선 신호와 전파 신호에 두 사람은 놀랐다. 빛과 전파의 세기가 강력하지는 않았다. 그렇지만 그 숫자가 굉장히 많았다. 상당한 힘을 가진 불빛 덩어리 여러 개가 미영과 양식의 목적지 한 켠에 모여서 어떤 대열을 이루고 있었다.

"저거 무슨 우주선 같은데요?"

자세히 확인해보니 옛날 지구에서 쓰던 것과 같은 방식의 원시적인 우주선 몇 척이었다. 저런 정도의 성능으로는 지구에서 화성까지도 이동하기 힘들어 보였다.

고작 그런 우주선이지만 스무 척은 되어 보였다. 멀리서 보면 그 우주선들은 행성 주변의 공간에 찰싹 달라붙어 있는 것처럼 보였지만, 그것은 우주선의 성능이 부족해 멀리 나올 수 없어서 그렇게 보이는 것뿐이었다. 그들로서는 가능한 한 멀리까지 나와서 우주 바깥을 바라보고 있는 모습이라고 할 수 있었다.

"이런 목동자리 공동 한복판에 있는 고립된 은하계에 우주선이 저렇게 많다니 이상하네요."

"전파 신호를 봐. 그냥 우주선만 있는 게 아니야. 저 행성에는 누가 살고 있다고. 숫자도 굉장해. 이 정도면 거의 도시나 나라가 있다고 해야 할 정도 아닌가?"

"목동자리 공동에서 사는 사람들이니까, 공동인이라고 부르면 될까요?"

"공동인? 공동인들이 우리를 공격하려고 나온 걸까?"

"저 정도 우주선이라면 공격을 하려고 해도 할 수도 없죠. 강한 원자력 무기를 사용한다고 해도 우리 우주선 근처에 오기도 전에 가뿐하게 피할 수 있어요. 제 실력 아시잖아요."

그때 미영이 컴퓨터 화면에 나온 분석 결과를 살펴보았다.

"잠깐만, 저쪽에서 보낸 전파 신호가 해독됐어. 생소한 형식이지만 그래도 은하 공통 신호와 비슷한 점이 있어서 아주 해독이 불가능하지는 않네."

"그러면 한번 화면에 출력해보겠습니다."

곧 공동인들이 전파 신호로 보낸 내용이 화면에 나왔다.

마침내, 저희 신호를 해독해주시고 여기 와주셔서 너무나 감사합니다. 발전된 문명을 가진 한 단계 높은 경지의 종족이시여! 저희는 발전된 문명을 가진 한 단계 높은 종족께서 드디어 저희를 찾아오신 것을 너무나 감사하게 생각합니다.

미영은 "우리를 공격하려는 게 아니라 환영하려는 거잖아"라고 말했다.

양식은 환영하는 공동인들이 이끄는 대로, 일단 행성 한 켠에 준비된 착륙장으로 조심스럽게 다가갔다.

착륙장으로 다가갈수록 미영과 양식은 수많은 공동인들이 자신들에게 굉장한 관심이 있다는 사실을 알았다. 심지어 미영과 양식의 착륙은 생중계되고 있었다. 거의 모든 공동인들이 생업을 중단하고 방송으로 둘의 방문을 지켜보고 있었다.

"이제 곧 발전된 문명을 가진 한 단계 높은 경지의 종족께서 저희가 마련해놓은 착륙장에 도착할 예정입니다. 이제 과학기술부 장관의 성명이 이어지겠습니다."

공동인들의 방송 내용을 들은 양식은 "엄청 높은 사람이 우리를 맞이하나 봐요"라고 말했다. 방송이 이어졌다.

"이 우주 전체의 구조를 간단히 설명하면, 별들이 모여 있는 우리 은하계라는 곳이 하나가 있고, 그 은하계 바깥은 아무것도 없는 허공이 끝없이 펼쳐져 있는 구조입니다. 당연히 생물이 살 수 있는 곳은 은하계뿐입니다. 행성이 있을 수 있는 곳도, 돌멩이 하나, 먼지 하나라도 있을 수 있는 곳도 우리 은하계라는 한 구역뿐입니다. 그런데 최근 저희의 우주 탐사대는 이웃 행성들과 이웃 별들을 탐사하다가, 끝없는 허공 바깥의 먼 세상에도 무엇인가가 있을지도 모른다는 놀라운 사실을 알게 되었습니다."

그 말을 듣고 미영은 혀를 차며 말했다.

"공동인들은 아무것도 없는 허공 한복판에 있는 은하계에서 살고 있어서 그 은하계가 우주의 전부인 줄 알았나 보네. 세상에는 다른 은하계도 많은데."

"옛날에 중국 사람들은 중국 땅이 세상의 전부라고 생각했다고 하잖아요. 중세시대 탐험가들은 지구가 세상의 전부라고 생각했고. 그 비슷한 것 아닐까요. 상황이 참 묘하네요. 하필 이런 은하계에서 사는 종족이라서."

공동인들의 장관은 뒤이어 말했다.

"그리고 저희는 허공 바깥의 세상, 그러니까 우리가 알고 있는 우주 바깥의 세상에 신호를 보낼 방법을 알아냈습니다. 바로 우주 바깥에 살고 있는 발전된 문명을 가진 한 단계 높은 경지의 종족께서 먼 옛날에 남겨놓은 유산을 발견해 사용했기에 가능한 것입니다. 그래서 우리는 우주 바깥에 살고 있는 발전된 문명을 가진 한 단계 높은 경지의 종족께 우리에게 대답해달라고 부탁했습니다."

미영은 "공동인들이 억선녀 모임 회원에게 무슨 신호를 보낸 거야?"라고 속삭였다. 장관의 성명은 이어졌다.

"우리가 조사한 바로는 애초에 먼 옛날 우리가 살고 있는 이 은하계, 그러니까 이 우주를 만들어낸 분들도 아마 저 발전된 문명을 가진 한 단계 높은 경지의 종족이신 것으로 추정하고 있습니다."

"너무 거창한데."

양식이 중얼거렸다. 곧 우주선이 착륙했다.

"이제, 드디어, 우주 바깥에 살고 계신 발전된 문명을 가진 한 단계 높은 경지의 종족께서 걸어 나오실 예정입니다!"

미영과 양식이 우주복 차림으로 우주선 바깥으로 나오자, 수많은 공동인들이 엄숙함과 신비와 기쁨이 뒤섞인 환호를 보여주었다. 그 모양을 보자니 공동인들의 문화는 지구의 사람들과 닮은 점도 많아 보였다.

공동인들은 동물과 기계가 반반씩 뒤섞여 있는 모습이었다. 지구에 사는 생물 중에는 세균도 있고, 잠자리도 있고, 고래도 있고, 사람도 있다는 정도의 기준으로 생각해본다면 공동인들의 모습은 사람과 상당히 닮은 편이었다.

화려한 모습의 공동인 대표가 미영과 양식에게 물었다.

"발전된 문명을 가진 한 단계 높은 경지의 종족님, 저희 행성에 오신 것을 환영합니다! 저희는 먼 옛날 여러분의 종족이 우리가 사는 세상을 만들었다고 생각하고 있습니다. 그러니까 우주 바깥에 사시는 여러분 종족 중 한 분이 우리가 사는 세상을, 우리가 사는 은하계를 만드셨다는 것이 우리가 지금까지 발견해낸 최신 과학 기술의 결과입니다. 발전된 문명을 가진 한 단계 높은 경지의 종족님, 대답해주십시오. 우리가 사는 은하계 말고도 이 바깥에 또 다른 은하계도 있는 겁니까?"

너무나 성스러운 공동인 대표의 태도에 양식은 긴장했다. 방송으로 모든 공동인들에게 생중계되고 있다는 사실도 떨리는 일이었다. 미영은 쭈뼛거리며 물음에 대답했다.

"그…… 은하계라는 게 한 수십조, 수백조 개는 있거든요. 저희들은 그중에 은하수라고 부르는 은하계에서 왔고요. 은하수에 있는 별 중에 태양이라는 곳이 있는 태양계에서 왔어요."

"은하계가 이곳 한 군데 말고도 수백조 개나 더 있다는 말입니까!"

공동인 대표는 충격과 감동으로 눈물을 글썽이는 것 같았다. 학자로 보이는 몇몇 공동인은 "봐, 내 학설이 맞았잖아"라면서 감동의 눈물을 줄줄 흘렸다.

공동인 대표는 다시 양식에게 물었다.

"저희는 언제나 궁금했습니다. 도대체 왜 우주라는 것이 생겨났는지, 왜 세상에 중력과 전자기력의 법칙이라는 것이 있는지, 무엇 때문에 그냥 아무것도 없지 않고, 무엇인가가 세상에 이렇게 있는 것인지, 별이 빛나고 해가 뜨고 지고 계절이 바뀌고 그에 맞춰서 생명체가 태어나고 죽고, 이런 게 다 뭐하자는 것인지, 무엇 때문에 우리는 하필 이렇게 생긴 세상에 태어나서 짧은 삶을 살다가 사라지는 것인지, 슬프고 기쁘고 화내고 두려워하는 시간 속에서 소중히 여기고 아끼던 것들도 언젠가 다 허무하게 흩어져버리는 이 우주에서 우리는 왜 살고 있고, 어떻게 살아야 하는지, 그런 것들이 저희는 너무나 궁금했습니다."

미영은 "예⋯⋯" "하하" 등의 대꾸와 함께 고개를 천천히 끄덕이며 그 말을 들을 뿐이었다. 질문은 이어졌다.

"발전된 문명을 가진 한 단계 높은 경지의 종족님께서 먼 옛날 저희의 우주를 만들어내셨다는 것을 이제 확실히 알겠습니다. 저희에게 그 해답을 주십시오. 도대체 왜 아무것도 없지 않고 우주가 있는 것입니까? 우리는 왜 사는 것이고 어떤 마음가짐으로 살아야만 합니까?"

공동인 대표의 진지하면서도 엄숙한 말에 미영은 어떤 태도로 대답해야 할지 머뭇거릴 수밖에 없었다. 망설이던 끝에 미영은 솔직하게 대답할 수밖에 없다는 결론을 내렸다.

"그게요, 대표님. 제가 알기로 아무것도 없는 목동자리 공동이라는 허공에 새로 은하계를 만들어보자고 한 사람들은 억선녀라는 모임 회원 몇 명들이거든요. 저희가 아니라요."

공동인 대표는 약간 실망한 것 같았다. 미영은 계속 말을 이어나갔다.

"그 사람들은 굉장히 부자라서 별별 희한한 기계를 다 만들었는데, 그 사람들이 만든 기계 중에 은하계를 만들어내는 장치도 있었어요. 그래서 아마 그걸로 옛날에 은하계를 하나 만들었나 봐요. 시간을 초월 압축하는 기능도 있었던 것 같고. 그래서 그 사람들이 만든 은하계에 별도 생기고, 별이 생기니까 행성도 생기고, 행성이 생기니까 거기에서 가끔 생명체도 생기고, 생명체가 생기니까 이리저리 진화하고 그랬던 것 같거든요. 그러다 여러분처럼 기술이 발전해서 여러 가지 인생사 세상사에 대해 고민하는 종족들도 살게 되었고요. 억선녀 모임 회원들이 여러분을 가끔 관찰하다가, 자기들이 관찰하고 있다는 사실을 들킨 것 같아서 여러분을 좀 만나보고 싶다고 저희에게 부탁했어요."

얼마 후 공동인들은 자신들의 기대와 흥분을 적당한 수준에서 정리했다. 그러나 그것이 끝은 아니었다. 공동인들은 자신들 중에 가장 건강하고 뛰어난 대표 12명을 선발해서 돌아가는 미영과 양식의 우주선에 같이 태우기로 했다. 그 대표 12명이 '우주의 밖으로 나가서 우리 우주를 만든 장본인들을 만나고 온다'는 계획을 세운 것이다. 그들을 우주선에 태우기 전에 공동인들은 굉장히 거대한 환송 행사를 열기도 했다.

우주선을 출발시키면서 양식이 미영에게 말했다. 양식은 밝은 표정을 지으려고 노력하고 있었다.

"어쨌거나, 이제 이 12명을 억선녀 모임 사람들에게 데려다 주면 우리 일은 끝나고 수고비를 받는 거네요."

그런데 미영은 별로 밝지 않은 표정으로 대답했다.

"그런데 내가 억선녀 모임에 연락해보니까, 이 사람들도 딱히 무슨 준비가 되어 있지는 않더라고. 왜 괜히 허공 한가운데에 새로 은하계를 만들었냐고? 그냥 심심해서 구경하려고 만들어본 거였다네. 그게 끝이래. 억선녀 모임 회원들이 공동인들과 그들이 아는 모든 세상을 만들어낸 장본인인 것은 사실이야. 하지만 그렇다고 해서 그 사람들이 우주라는 것이 왜 있는지, 인생의 의미가 뭔지, 이런 것을 아는 건 아니지."

양식이 미영에게 물었다.

"억선녀 회원들은 공동인들을 만나도 해줄 이야기가 없을 거라는 소리예요?"

"부모랑 자식 관계에서, 아이가 보면 부모는 뭐든지 다 아는 거 같잖아. 그런 것처럼 무엇인가를 만든 사람은 굉장히 뛰어나고 자기가 만들어낸 것에 대해 아주 다 알 것 같다고 무심코 생각하는데, 사실 그렇지 않거든. 뭘 만든 사람이라고 해서 저절로 그것에 대해서 다 알게 되는 것은 아니라고. 지구에서 최초로 축구나 야구 같은 거 개발한 옛날 사람이 요즘 프로

축구선수 프로 야구선수보다 축구, 야구 더 잘하겠냐? 아니잖아. 붓이랑 물감으로 그림이란 것을 최초로 그려본 원시인이 요즘 화가한테 그림의 진정한 원리를 알려줄 수 있겠냐고, 그렇지 않잖아. 공동인들이 사는 세상을 저 모양으로 만들어준 사람들도 세상의 의미가 뭔지, 어떻게 살아야 하는지, 이게 다 뭐하자는 건지는 모른다고."

양식은 한숨을 쉬고 우주선을 출발시켰다.

"오히려 더 모를 수도 있을 것 같네요."

— 2020년, 서초에서

제 6 행성

생 명 행 성

미영은 우주선 안에서 영상 자료를 재생했다. 그 영상을 꼭 보아야 한다는 지시가 내려왔다고 미영이 말해주자, 양식도 옆에 앉아 지켜보았다.

영상은 2년 전 안드로메다 은하계 중심 지역에서 일어났던 조난 사건에 대한 것이었다. 영상을 보고 있으니 양식도 그 사건에 대해 처음 들었던 때가 어렴풋이 기억이 났다. 조난자는 떠돌이 행성에 설치된 임시 기지에서 살고 있는 사람이었다. 곧 구조대원이 조난자에게 통신으로 질문하는 장면이 나왔다.

"도대체 어쩌다가 이런 행성에 있는 기지에서 살고 계신 겁니까?"

"이 행성이 안드로메다 은하계 중심의 블랙홀 근처에 있거든요. 그런데 행성 위치가 블랙홀 주변의 중력장이 불안한 지점에 있어요. 그 때문에 이 행성에는 다른 데서는 쉽게 얻을 수 없는 안정 타우 입자가 하늘에서 떨어집니다. 안정 타우 입자가 값이 꽤 나가잖아요. 그래서 그걸 모아서 팔아볼까 하고 기지를 세워둔 겁니다."

"자동 로봇 같은 것을 보내도 되었을 텐데, 왜 이렇게 직접 위험한 곳에 와 계신지 말씀해주실 수 있으십니까?"

"안드로메다 은하계 공통 법령 때문에요. 새로 행성을 개척해서 광물이나 자원을 채굴할 때는 그 행성에 실제로 주소지를 두고 사는 사람에게 권리를 주도록 되어 있거든요. 왜 옛날에 아파트 청약할 때도 실제로 거주하는 사람한테 유리하게 하는 그런 조건 있었잖아요. 비슷한 거죠."

이어서 본론을 꺼내면서 구조대원의 목소리는 어두워졌다.

"그런데 선생님이 지금 머물고 계시는 행성이 떠돌이 행성이라는 건 아십니까?"

"알죠. 보통 행성들은 지구가 태양을 도는 것처럼 다른 별 주변을 도는 종류가 많은데, 이 행성은 그렇게 어떤 별에 묶여 있는 것이 아니라 은하계 이곳저곳을 떠다니는 거라는 이야기죠?"

"맞습니다. 그런데 그렇다 보니까 지금 이 행성이 블랙홀 안쪽으로 너무 가깝게 들어와버렸습니다. 지금 갑자기 선생님 우주선이 고장 나고 그 행성 날씨가 너무 이상해진 이유도 바로 그렇게 이 행성의 위치가 블랙홀 주변의 너무 위험한 곳으로 들어갔기 때문입니다. 블랙홀의 중력장 때문에 선생님의 반중력 우주선이 지금 작동을 안 하는 겁니다."

"뭐라고요? 그냥 우주선이 고장 난 게 아니라, 행성 자체가 이상한 곳으로 가고 있다고요?"

조난자의 목소리에 겁먹은 기색이 급하게 짙어졌다. 구조대원은 조난자를 달래려고 했다.

"진정하십시오. 방법이 없는 것은 아닙니다. 저희가 이럴 때를 대비해서, 구식 케로신 연료 로켓도 가져 왔습니다. 옛날에 나로호나 누리호 로켓 때 쓰던 방식 말입니다. 이렇게 불붙여서 꽝 하고 발사하는 구식 로켓은 지금 상황에서도 작동이 잘 됩니다. 그러니까, 선생님은 저희가 보내드리는 로켓을 타고 우주로 나오실 수 있습니다. 그러면 저희 구조 우주선이 데리러 갈 수 있습니다."

"잘됐네요. 얼른 구식 케로신 연료 로켓을 보내주세요."

"그런데……"

구조대원은 잠시 말을 멈추었다. 조난자는 불길한 느낌이 드는지 왜 그러냐고, 무슨 나쁜 일 있으면 빨리 말해달라고 다그쳤다. 구조대원의 답변은 다음과 같았다.

"선생님이 살고 계신 떠돌이 행성의 반대편에도 비슷한 기지가 건설된 것이 발견되었습니다. 그런데 그 기지에는 사람 넷이 있습니다."

조난자는 아무 말도 하지 않았다. 구조대원은 잠시 멈추었다가 이어서 말했다.

"그런데, 로켓은 한 대뿐이고…… 이번에 바로 로켓을 보내서 구조하지 않으면 아마 늦어서 다음 구조 기회는 없을 것인데……."

잠시 후 미영과 양식이 보던 영상은 멀리서 떠돌이 행성을 탈출하는 우주선을 보여주었다. 그리고 구조대원과 조난자의 목소리 대신 해설자의 목소리가 나왔다.

"블랙홀 때문에 파괴될 행성에서 탈출해야 하는 절체절명의 상황. 우리의 영웅은 자신 한 사람이 탈출하는 것보다 다른 기지에 있는 네 사람이 탈출하는 것이 더 낫다고 결단을 내렸습니다. 그래서 구조대가 보내준 탈출 우주선을 다른 기지의 사람들에게 양보한 것입니다. 이런 거대한 양보를 한 사람이야말로 과연 우주 구조의 역사에서 오래도록 기억될 영웅에 부족함이 없다고 하겠습니다."

그리고 탈출을 포기한 조난자가 얼마나 멋진 사람인지를 소개하는 내용이 계속 이어져 나왔다.

양식이 미영에게 말했다.

"그런데 이 사건 일어났을 때, 저 조난자가 자발적으로 포기한 것이 아니라 구조대원 쪽에서 저쪽은 네 사람인데 당신은 한 사람이니까 사 분의 일이지 않느냐, 라면서 엄청나게 압력 넣었다는 이야기도 돌았던 것 기억나세요? 지난번에 청문회 열렸을 때는, 그때 한 명을 구하는 것보다는 네 명을 구하는 게 낫다는 상부 지시가 내려와서 거의 반강제로 그 조난자가 양보 같지도 않은 양보를 했다는 말도 나왔고요."

"맞아. 그런데 정말로 네 사람의 목숨이 한 사람의 목숨보다 귀한 걸까?"

"모르겠어요. 어쨌건 다른 사람들은 위험한 상황에 처한 줄을 몰라서 구조요청조차 보내지 않고 있었는데 그 조난자는 자기가 직접 구조요청을 보냈던 것도 감안해야 하지 않을까요. 그때 살아난 네 사람 중 한 사람이 알코올 중독자가 되었다는 뉴스 나왔을 때는, 저런 폐인을 구하려고 열심히 살아보려는 사람 희생시켰냐는 말도 나왔었고."

양식에게 미영은 그에 대한 자기 생각을 말하려고 했다. 그런데 곧 다음 사건에 대한 영상이 재생되었다. 1년 전 은하수의 외곽 지역에서 일어났던 사건이었다.

이 사건에서 조난자는 꽃과 같은 생물이 가득한 아름다운 행성의 어느 벌판에 살고 있었다. 그의 집은 커다란 금속 통처럼 생겼고, 그 집 주변에는 고양이와 비슷한 그 행성 고유의 짐승이 한가롭게 근처를 오가며 장난치고 있었다. 그 짐승의 이름은 옹옹이라고 했다.

조난자가 구조대로 통신문을 보냈다.

"빨리 좀 와주세요. 어제 번개를 맞아서 자원 재생 장치가 고장 났는데, 수리할 재료가 다 떨어졌어요. 이대로라면 산소도 금방 다 떨어질 것 같아요. 여기가 옹옹이가 많이 살고, 다른 온갖 생물도 살고 있는 정말 풍요로운 행성이긴 한데요. 정작 사람이 숨쉴 수 있는 산소를 구하기가 어렵거든요. 산소를 보내주시거나 아니면 자원 재생 장치를 수리할 재료를 보내주세요. 그런 게 없으면 곧 산소가 다 떨어져서 저는 숨을 못 쉬게 될 거예요."

다행히 구조대에서는 그 구조요청을 받을 수 있었다. 다만 구조대의 회신은 이번에도 어려운 내용을 포함하고 있었다.

"선생님, 그런데 지금 계신 행성이 너무 외곽지역입니다. 저희가 전속력으로 구조대를 보내도 24시간 정도는 걸려야 구조대 우주선이 도착할 것 같습니다."

"아, 그러면 안 되는데요. 최대한 산소를 아낄 수 있도록 수면제를 먹고 자고 있어도 20시간 정도 밖에 못 버틸 것 같아요."

"마지막 방법이 있기는 합니다."

"뭔데요? 빨리 알려주세요."

"선생님이 갖고 계신 자원 재생 장치 426호 이후 기종에는 비상용 탈출 장치가 설치되어 있을 겁니다. 그걸 이용하면 선생님이 초공간 도약으로 이쪽으로 조금이라도 가까이 오실 수 있을 겁니다. 우주 유영용 우주복 있으십니까?”

“한 벌 있어요.”

“산소를 다 몰아넣고 그걸 입으신 채로 비상 탈출 장치를 가동시키십쇼. 초공간 도약으로 저희 구조팀 쪽에 가까이 오시면 저희가 거기까지 가서 선생님을 데려올 수는 있습니다.”

“어려운 일 같지만 다른 방법이 없으니 하겠습니다. 어디를 향해 초공간 도약을 하면 되는지, 비상 탈출 장치 작동법과 함께 알려주세요. 지금 당장 우주복으로 갈아입고 비상 탈출 장치를 작동시키겠습니다.”

“그렇습니다만…….”

구조대원은 잠시 말을 멈추었다. 조난자는 불길한 느낌이 드는지 다그쳐 물었다.

“왜 그러세요? 이 행성에 사람은 저밖에 없어요. 이것저것 가릴 게 없지 않나요?”

구조대에서 대답이 돌아왔다.

“그런데 비상 탈출용 초공간 도약 장치는 그야말로 비상 탈출용 장치라서 안전기능이 전혀 없습니다. 그게 작동되면 선생님은 잘 탈출하실 수 있겠지만, 아마 행성에는 거대한 폭발이 발생할 겁니다. 행성 전체가 통째로 부서질지도 모르겠습니다. 그런데 그 행성에는 그 고양이 비슷한 옹옹이들이 10억 마리 이상 살고 있습니다."

조난자가 다시 물었다.

"그렇지만 옹옹이가 사람은 아니잖아요?"

"맞습니다. 사람은 아닙니다. 하지만 그 옹옹이가 지능도 제법 높고 감정도 어느 정도 느낀다고 선생님께서 조사해서 보고해주신 것이 기억나실 겁니다. 선생님께서 그 행성을 조사하고 계신 이유도 그 동물이 사람들이 좋아할 만한 아름다운 생물이라 비싼 값에 팔 수 있을거라고 생각하신 것 아닙니까? 선생님 자료에 따르면 옹옹이는 지능이 어지간한 지구의 개나 원숭이보다 더 좋은 것 같다고 나옵니다."

"그래도 사람 같은 지능을 가진 건 아니에요."

"그렇게 가볍게 생각할 문제가 아닙니다. 만약에 사람보다 훨씬 더 뛰어난 지능과 감성을 가진 외계인이 지구에 찾아왔다고 해봅시다. 그 외계인 눈에는 사람이나 옹옹이나 비슷비슷하고 별 차이가 안 나는 것처럼 보일 겁니다. 오히려 옹옹이가 훨씬 귀엽고 다른 지적 생명체의 정서적 안정에도 많은 도움이 될 것이니 더 중요하고 소중하다고 볼 수도 있을 겁니다. 그리고 지능을 측정하는 방식이 한 가지 기준만 있는 게 아니잖습니까? 지구에서 사람들이 개발한 IQ 측정 방식으로는 옹옹이의 지능이 사람보다 뒤처지지만, 다른 문명에서 개발한 지성 측정 방식으로는 옹옹이의 정신 능력이 오히려 사람보다 우월할 수도 있지 않겠습니까? 특수한 감성을 높이 평가하는 외계 종족이나, 옹옹이만이 느낄 수 있는 음악이나 그림의 아름다움을 아주 중요하게 평가하는 외계 종족이 있다면, 그들의 기준으로는 사람보다 옹옹이가 더 지성이 발달했다고 측정할 수도 있을 겁니다. 게다가 옹옹이들의 숫자는 10억이나 됩니다. 선생님 목숨 하나를 살리기 위해, 과연 이런 동물의 목숨 10억을 희생해야만 하는 것입니까?"

잠시 후 영상에는 아름다운 꽃밭에서 그 행성의 짐승들이 아름다운 소리를 내며 뛰어노는 장면이 나왔다. 그리고 이번에도 해설자의 목소리가 나왔다.

"산소 부족으로 탈출해야 하는 절체절명의 상황. 그런데 만약 초공간 도약 장치를 작동시키면 그 충격으로 10억 마리의 아름다운 동물이 사는 행성이 파괴될 위기였습니다. 그런데 우리의 영웅은 결국 자신을 희생해서 10억의 생명을 구하는 길을 선택했습니다. 그 희생정신은 우주 조난 구조의 역사에서 영원히 기억될 것입니다!"

영상은 끝이 났다.

양식이 미영에게 물었다.

"저게 우리가 이번에 할 일과 무슨 상관인데요?"

"나도 아직은 정확하게 몰라. 그렇지만 이번에 구조 임무 때문에 갈 행성에 도착하기 전에 꼭 저 영상을 보고 가라고 했거든."

구조 임무라는 말을 듣고 양식은 놀랐다.

"예? 이번에도 조난당한 사람을 구조하러 가는 거예요? 이런 일은 우리가 사업을 시작하기로 한 목적과는 너무 안 맞는 일이잖아요?"

"그래도 어쩌겠어. 어떻게 우리가 구조요청을 거절하냐? 우리가 구조할 수 있는 우주선 중에 가장 가까이 있다잖아. 더군다나 회사 계좌에 돈도 다 떨어져 가. 구조 한 건 하면 구조대에서 비용 지불해주는 것도 제법 되는데, 어떻게 이 일을 안 할 수가 있겠어."

양식은 미영의 말에 수긍하지 않았다. 그래서 앞으로 구조 임무는 다 거절하자고 주장하려 했다. 그런데 구조대에서 보내온 자료를 살펴보다가 앞으로의 일보다 당장 더 중요한 문제가 있다는 것을 깨닫게 되었다.

"지금 구조대에 회신할 시간이에요. 구조 임무 수행하기로 한 우주선은 바로 구조대에 회신해야 해요. 지금 구조대의 통신 확인 요구를 거절하면 구조 방해로 처벌받을 수 있대요. 지금 당장 구조대에 연락해야 처벌을 안 받는다는 조항이 있다니까요."

양식의 말에 미영은 다급히 은하구조협회에 통신을 연결했다. 은하구조협회의 인공지능 로봇 목소리가 나왔다.

"구조에 협력해주셔서 감사합니다. 구조하러 갈 행성이 퀘이사 세력권 근처라 저희 통신이 직접 닿지 않아서 선생님 우주선이 저희 신호를 중계해주셔야 합니다. 그래야 저희 구조대가 행성에 조난당한 사람과 통신을 연결할 수가 있습니다. 근처에 가시면 연락을 주시기로 되어 있었는데, 연락이 늦어져 기다리고 있었습니다. 이제야 연락을 주셨네요. 잘 하셨습니다. 5분만 늦었어도 구조 비협조로 신고했을 것이고, 그러면 바로 구속되었을 것입니다."

로봇은 그런 말을 하면서도 목소리가 경쾌했다. 양식이 "로봇이라서 저런 말을 할 때도 말투가 저렇게 밝은 거예요?"라고 속삭이며 묻자, 미영은 "저쪽 사람들이 일부러 저런 말투로 말하도록 프로그램 해둔 거야"라고 대답해주었다.

구조대의 컴퓨터와 미영과 양식이 타고 있는 우주선이 연결되자, 곧 우주선은 두 사람이 조난자를 구조하러 갈 행성으로 바짝 다가갔다.

행성에 착륙을 시도할 만한 거리가 거의 다 되었을 때, 로봇이 미영과 양식에게 물었다.

"혹시 긴 동아줄 같은 걸 갖고 계십니까?"

"동아줄이요? 하늘에서 동아줄이 내려와서 사람 구해주는 장면이 있는 동화에서 본 후로 동아줄이라는 말 자체를 지금 처음 듣는 것 같은데요?"

"밧줄이나 견인광선 장치나 하여튼 멀리서 사람을 끌어 올릴 수 있는 비슷한 장비가 없습니까?"

"없는데요."

"그러면 멀리서 조난자를 끌어 올릴 수가 없으니 직접 조난자 근처에 착륙하거나 근접하셔서 그 사람을 구조해주셔야 합니다."

"그러죠, 뭐."

"그런데 문제가 한 가지 있습니다."

"뭐가 문제인데요?"

"지금 저희가 통신문을 보낼 테니, 그 내용을 조난자에게 읽어주십시오."

곧 화면에 다급한 표정으로 구조를 기다리고 있는 조난자가 나타났다.

"드디어 오셨네요. 어서 빨리 좀 저를 여기서 꺼내주세요. 저는 진화를 촉진하는 환경을 가진 이 행성에서 진화 실험을 하기 위해 왔는데, 생각보다 이 행성에 사는 벌레가 굉장히 무섭네요. 이 벌레들이 지금 제 우주선을 막 갉아 먹고 있어요. 벌써 비행 불능 상태이고, 조금만 더 있으면 벌레들이 문을 뚫고 들어 와서 저를 갉아 먹을 것 같아요."

미영이 조난자에게 말했다.

"조금만 기다리시면 저희 우주선이 갈 거예요. 그런데 그 전에 말씀드려야 하는 이야기가 있어요."

"듣기 싫은데요."

미영은 그 말을 무시하고 구조대가 보내준 이야기를 읽었다.

"선생님께서 우주선을 타고 그 행성에 착륙하셨을 때, 우주선에 묻어 있던 지구 세균 몇 마리가 그 행성에 떨어졌어요. 그런데 말씀해주신 대로 그 행성은 굉장히 놀라운 형태의 진화가 일어날 수 있는 환경이라고 하거든요. 그래서 우주선에 묻어간 세균이 지금 아주 특이하게 진화하고 있대요. 선생님 우주선에서 보내온 자료를 보면, 이렇게 희한하게 진화한 세균은 지금까지 우주 생물학 역사상 한 번도 관찰된 적이 없는 거라고 해요."

"음, 빨리 구조 우주선이나 보내주세요."

그러나 미영은 이야기를 계속해서 읽었다. 그런데 읽고 있는 이야기에 자신도 놀라서 읽는 속도가 점점 느려졌다.

"저희 학자들의 계산으로는 그 세균들은 지금까지 우주에 단 한 번도 없었던 놀라운 방식으로 진화하게 될 것 같대요. 그 세균들이 이대로 계속 진화하면 엄청나게 발달한 동물이 될 거라고 해요. 이럴 가능성은 그 행성에서도 정말정말 극히 낮았는데, 수백억 년에 한번 일어날 만한 놀라운 우연입니다. 나중에 먼 훗날 그 세균들이 진화해서 나타날 동물은 상상도 못 할 만큼 놀라운 문명을 이루어서 전 우주의 모든 생명체를 다 구할 수 있습니다. 그렇게 될 확률이 높다고 해요. 전 우주의 병들고 가난한 모든 사람을 다 구할 수 있는 기술을 개발하고, 도덕과 윤리도 극히 발달해서 우주의 모든 생명체를 보람차고 행복하고 평화로운 세계로 이끌 수 있는 종족이 탄생할 거라는 이야기입니다. 이걸 돈으로 계산하면 1초에 수백조, 수천조씩 돈을 벌 수 있는 종족이 탄생할 거라는 이야기와 다름없죠."

미영은 이야기 읽는 것을 멈추었다. 양식은 그러다가 구조대에서 또 무슨 처벌을 내리는 것은 아닌가 싶어서 그 뒤를 대신 이어 읽었다.

"그런데 지금 선생님이 계신 곳 근처에 우주선을 접근시키면 그 진동 때문에 그 세균들이 모두 전멸할 것입니다. 선생님 계신 곳에서 좀 떨어진 곳에 착륙한 뒤에 걸어가는 방식을 사용하기에는 날씨가 너무 위험한 상태고요. 물론 저희도 선생님의 목숨 역시 중요하다는 것을 잘 압니다."

이번에는 양식이 말을 멈추었다. 하는 수 없이 미영이 나머지 부분을 읽었다.

"그렇지만 선생님을 구조하지 않고 그 세균을 살려두면, 먼 훗날 온 우주의 모든 생명체가 괴로움에서 벗어나고 진정한 행복을 얻으며 수천조의 가치가 되는 돈을 계속 벌어들이면서 그 막대한 돈으로 헤아릴 수 없이 많은 사람에게 굉장한 기회를 줄 수 있을 겁니다. 과연 선생님 목숨 하나를 살리기 위해 그 모든 것을 희생해야 할까요?”

두 사람은 구조대가 보내준 통신문을 끝까지 읽고 한동안 혼란에 빠졌다. 그런데 미영과 양식의 혼란이 가라앉기보다 훨씬 앞서서, 행성의 조난자는 단호하게 짧막한 대답을 보내왔다.

“모르겠고요. 만약에 저한테 구조 우주선을 안 보내주면 제가 여기서 살균 스프레이를 뿌려서 그 세균들 다 없애버릴 겁니다. 알아서 하세요. 저는 이제 통신을 끊고 기다릴 겁니다.”

그리고 정말로 통신은 그대로 끊겨버렸다.

— 2020년, 내방역에서

제 7 행성

영 원 행 성

미영과 양식의 우주선은 제시간에 딱 맞춰 가니메데 위성에 도착했다. 목적지인 작은 기술 회사는 지하 기지 업무 구역의 깊숙한 곳에 있었다.

"너무 골목 굽이굽이 구석진 곳에 사무실이 있는 것 아닌가요? 약간 불길한 느낌이 드는데요."

양식이 말했다.

"작은 회사들이 다 그렇잖아. 우리도 비슷한 처지 아냐?"

"우리랑 비슷한 것 같아서 불길하다는 그런 이야기입니다."

그러나 막상 미영과 양식이 만난 기술 회사의 사장은 친절하고도 유쾌한 사람이었다. 게다가 사무실은 내부 치장부터

가 밝고 즐거운 느낌이었다. 양식은 편안한 곳에 왔다는 생각
이 들어서 한결 마음이 놓였다. 반대로 미영은 오히려 그런 깔
끔한 모습 때문에 조금은 불길한 느낌이 들었다.

"그러니까 이 회사 대표 제품은 어떤 거지요?"

미영이 물었다. 그러자 사장은 사무실 안쪽으로 일행을 안
내했다.

"직접 시제품을 보여드리면서 말씀드리겠습니다."

사장이 손으로 가리키는 곳에는 사람 키의 두 배쯤 됨직한
길이의 커다란 통이 있었다. 가벼워 보이는 쇳덩이로, 사람이
들어가서 누우면 좋을 만한 크기였다. 실제로 문을 열고 그 안
에 사람이 들어갈 수 있는 구조였다.

"이게 뭔가요?"

"이게 기본 모양입니다. 저희 회사에서 처음 제작한 형태고
요. 부품들을 조립해서 제일 쉽게 만들 수 있는 모양이 바로
이 모양이지요. 고객 취향에 맞게 다양하게 겉모양은 변형해
본 것도 있어요."

사장은 컴퓨터를 향해 손짓했다. 그러자 겉모습이 다르게
바뀐 다양한 제품의 모습이 벽면에 있는 화면에 나왔다.

"이것은 약간 자연적인 느낌을 주기 위해서 겉면 쪽에 원목
질감을 살린 것이고요."

사람을 집어넣는 커다란 쇳덩이의 겉면을 갈색 나무판자로

덮은 모양이 나왔다. 그렇게 만들어놓으니 정말로 장례식 행렬에서 볼 수 있을 법한 관처럼 보였다.

"조금 더 발랄한 느낌을 주기 위해서 꽃이나 인형 같은 걸로 장식한 모양도 만들어보았습니다."

사장은 화면에 또 다른 형태로 겉모양을 바꾼 제품을 보여주었다. 양식이 미영의 귀에 대고 속삭였다.

"저건 옛날 장례에서 사람들이 메고 가던 꽃상여 같아 보이는데요."

미영은 그 말을 짐짓 못 들은 체했다. 그러고는 사장에게 다시 물었다.

"여러 가지 인상적인 겉모습은 잘 봤습니다. 그런데요, 저희가 워낙 급히 오다보니 사장님 회사 제품에 대해서 정말 아는 게 없거든요. 그래서 이 제품들이 도대체 뭐에 사용하는 건가요?"

그 말을 듣고 사장은 소리 내어 웃었다.

"아, 그러면 제가 처음부터 설명드려야겠네요. 저쪽으로 좀 앉으시지요."

사장은 컴퓨터 화면이 있는 곳에 두 사람을 앉혔다. 사장의 설명이 이어졌다.

"우주가 워낙 넓잖아요. 그래서 우주의 한 지역에서 다른 지역으로 가는 데는 굉장히 긴 시간이 걸리기 마련이거든요.

예를 들어서 태양계 밖에 있는 별 중 지구에서 가장 가까운 별이 센타우루스자리 프록시마별인데요. 이 가장 가까운 별까지 거리가 40조 킬로미터나 되지요. 그러니까 우주에서 다른 별까지 가는 것은 정말 어려워요."

"40조 킬로미터면, 4광년이 조금 넘는 거리니까 우리 은하계 안에 있는 별 중에서는 거의 아주 가까이 붙어 있는 거나 다름없는 것 아닌가요?"

"그렇긴 하죠. 그래도 사람 입장에서는 너무나 너무나 너무나 먼 거리죠. 40조 킬로미터를 나로호 로켓이나 소유즈 로켓 같은 구형 로켓이 인공위성 띄우는 속도로 날아간다고 하면 10만 년, 20만 년이 걸릴 거란 말이에요. 구형 우주선을 타고 계속 줄기차게 한 번도 안 쉬고 날아간다고 해도 몇십 만년을 날아가야, 고작 가장 가까이에 있는 별에 갈 수 있다는 거예요. 이렇게 가면 사람이 우주선 안에서 평생을 보낸다고 해도 도착할 때까지 살 수가 없겠죠."

"설령 무병장수하는 방법이 개발되어서 몇십 만 년 동안 날아가는 동안 수명은 버틸 수 있다고 해도 몇십 만 년 동안 계속 우주선 안에서만 있는 게 쉬운 일은 아니겠죠."

이번에는 양식이 그렇게 맞장구를 쳤다. 사장은 고개를 끄덕거리며 반가워했다. 사장의 말은 이어졌다.

"그래서 회사의 선대 사장님들께서 이 기계를 개발한 거예요. 겨울잠 기계."

"겨울잠이요? 곰이나 개구리가 자는 그 겨울잠?"

"맞아요. 왜, 곰 같은 동물들은 겨울에는 살기 힘드니까 굴 속에 들어가 내내 잠만 자면서 시간을 보내잖아요. 그 비슷한 거예요. 이 기계 속에 들어가면 사람도 겨울잠을 잘 수 있게 해줘요. 그것도 한 달, 두 달이 아니라, 수십 년, 수백 년, 겨울 잠을 잘 수 있게 해주는 기계죠."

"그러니까, 이 기계는 일종의 침대 같은 거네요. 침낭이라 거나."

미영과 양식은 방금 전까지 관짝 같다고 생각했던 쇳덩어 리를 다시 쳐다보았다. 사장은 그렇다고 했다.

"그렇죠. 이 기계 속에 사람이 들어가면, 신체 기능을 완전 히 정지시켜요. 시간이 흐르는 것도 느끼지 못하고 의식도 없 는 상태이지만 그대로 몸을 유지하면서 얼마든지 그대로 보 존될 수 있는 거예요. 저희 계산으로는 수천 년 정도는 유지될 수 있다고 봅니다. 그러니까 이 기계에 들어가서 한숨 푹 자고 일어나면, 그사이에 천 년의 시간이 지나버리는 거지요. 그러 니까 먼 별로 갈 때는 그냥 이 기계에 들어가 백 년이고 천 년 이고 지나가는 동안 잠만 자고 있으면 되는 거예요."

사장의 설명을 듣고 미영이 의견을 이야기했다.

"좋은 기계라는 생각은 드는데요. 상품화하기에는 문제가 좀 있었겠네요."

"그렇죠. 구형 우주선으로 별과 별 사이를 돌아다니는 우주여행을 하려면 수십만 년을 가야 하는데, 이 기계로도 그렇게 오래 유지하기는 아직 어려울 것 같거든요. 그래서 천 년에 한 번씩 깨어나서 재정비한다고 치면, 우주선이 날아가는 20만 년 동안 중간에 200번은 깨어나서 재정비해야 하는 거죠."

"그보다도 요즘 우주선들은 전부 초공간 도약 항법을 사용하잖아요. 요즘 우주선들은 예전에 구형 로켓들이 날아다니는 속력보다 훨씬 더 빨라서, 먼 별까지도 단숨에 갈 수 있으니까요. 지구에서 센타우루스자리 프록시마별 정도 거리면 저희 우주선으로는 한 시간이면 갈 수 있어요."

사장은 고개를 저었다.

"그래도 거기까지는 큰 문제는 아니었어요. 지금도 다른 먼 은하계까지 날아간다거나 하면 그래도 몇 날 며칠은 가야 하잖아요? 예를 들어서 우주 저 멀리 있는 아주 엉뚱한 은하계까지 가기 위해 보름을 꼬박 날아가야 하면 보름 동안 나는 그냥 겨울잠 잘래, 하는 사람들이 있을 거거든요."

그러자 양식이 물었다.

"그래서 사장님 회사 제품을 그런 사람들에게 팔기 위해 출시했나요?"

"아니요. 다른 문제가 하나 더 있어서 결국 대량 생산을 시작할 수가 없었어요."

"그게 뭔데요?"

"이 겨울잠 장치에 사람이 들어가면, 몸을 그대로 보존하기 위해서 장치에 물과 질소를 계속 넣는 처리를 해주어야 하거든요. 그게 문제였어요. 겨울잠 장치를 사용하려면 물과 질소가 많이 있어야 한다는 거요. 우주여행을 하면서 오랜 시간 동안 사용할 물과 질소까지 다 담아서 날아가는 게 너무 큰 부담이었거든요. 그래서 결국 기술도 있고, 시제품도 다 개발해놓고도 제품 대량 생산은 못 했어요."

말을 듣고 보니, 사무실에 있는 겨울잠 장치에 파이프가 연결된 것이 보였다. 그 파이프를 통해 계속해서 물과 질소를 제법 많이 넣어주어야 하는 방식인 것 같았다. 사장이 다시 말했다.

"그래서 이 제품으로는 장사를 할 수가 없다고 생각했거든요. 그런데 정말 이상한 게 회사 기술을 사용료를 내고 사용하겠다는 곳이 있어요. 자기들이 누구인지 밝히지 않는 사람들인데, 꼬박꼬박 기술 사용료는 잘 내거든요. 그 사용료 덕분에 회사가 유지되고 있습니다. 그런데 이게 시간이 지나다 보니까 너무 궁금한 거예요."

"일부러 초공간 도약 항법을 사용하지 않고 긴 시간을 들여서 겨울잠을 자면서 구식 우주선으로 우주여행을 하는……

그런 취미를 가진 사람들이 있는 걸까요?"

"모르겠어요. 사실 그렇게 사용하기도 어렵죠. 우주여행에는 실제로 사용할 수 없는 큰 단점이 있는 겨울잠 장치를 도대체 누가 사용한다고 이렇게 기술 사용료까지 주는 걸까요? 선대 사장님들은 그냥 주는 돈은 거절하지 않는 거다, 하시면서 기술 사용료만 받고 누가 쓰는지는 궁금해하지 말아야 한다고 했어요. 그런데 저는 도저히 못 참겠어요. 궁금해요."

설명을 들은 미영은 바로 자신들이 어떤 일을 할 수 있으며 수고비는 얼마가 되는지 이야기했다.

"그러니까, 도대체 어떤 사람들이 사장님 회사의 겨울잠 장치 기술을 사용하는지 찾아달라는 거죠?"

"맞습니다."

양식은 미영에게 "잠깐만요. 그런데 이건 우리가 우리 회사를 시작한 목적하고는 좀 안 맞는 일 아닌가요?"라고 물었다. 하지만 미영은 이번 일이 얼마나 쉽게 돈을 벌 기회인지 설명하면서 양식의 반론을 차단했다.

미영은 사장과의 계약을 마치고 바로 가니메데에서 이륙했다. 그리고 초공간 도약 항법 허용 구역에 도달하자마자 최고 수준으로 초공간 도약을 개시했다. 목적지는 안드로메다 은하계에 있는 기술 정보 거래소였다. 태양계에서 안드로메다 은하계까지는 40조 킬로미터의 몇십만 배는 되는 거리였다. 하지만 미영이 능숙하게 조작하는 초공간 도약 장치는 그 먼 거리를 가볍게 지나치게 해주었다.

"봐, 이렇게 쉽게 갈 수 있잖아."

그러나 미영의 말처럼 일이 쉽게 풀리지만은 않았다.

기술 정보 거래소에서 겨울잠 장치 기술을 거래하는 사람들의 흔적과 세금 납부 기록을 대강 찾는 것까지는 크게 어렵지 않았다. 하지만 별로 쓸모도 없어 보이는 겨울잠 장치를 만드는데 누가 꼬박꼬박 돈을 내는지 정확하게 알아내기란 어려웠다.

"추적이 될 듯 말 듯 하면서 딱 중간에 끊기네."

"이거 좀 꺼림칙하다고 했잖아요. 일부러 자기들 정체를 숨기고 있는 사람들 같다니까요."

"정체를 왜 숨겨?"

"그건 저도 모르죠. 알고 보면 무서운 사람들 아닐까요? 우주 해적단이라든가, 아니면 은하계 조직폭력배들이라든가."

"설마. 무슨 우주 해적이 부가가치세까지 이렇게 꼬박꼬박 내면서 겨울잠 장치 기술을 사용하겠냐고. 이 사람들 법은 잘 지키는 사람들 같은데."

하는 수 없이 미영과 양식은 우주 곳곳을 다니며 이 사람, 저 사람, 이 로봇, 저 로봇들에게 기록과 단서를 묻고 다녀야 했다. 그러는 동안 수상쩍은 사람들의 우주선을 찾아가야 하는 일도 있었고, 분주한 우주 공항에서 몇 초간만 이야기할 수 있다는 로봇을 따라다니며 질문을 해야 하는 일도 있었다.

"이런 걸 쉽게 돈을 벌 수 있는 일이라고 할 수 있어요?"

참다못해 양식이 그렇게 투덜댈 무렵, 미영은 마침내 겨울잠 장치를 만드는 데 필요한 핵심 부품을 꾸준히 수입하고 있는 어느 행성의 위치를 알아냈다.

"여기다. 이 행성에 사는 사람들이 분명히 겨울잠 장치를 만들고 있을 거야."

"도대체 뭐 때문에요? 거기 사람들은 초공간 도약 항법을 모르나? 그래서 아직도 긴긴 겨울잠을 자면서 수천, 수만 년씩 날아다녀야 하는 거예요?"

"가서 확인해보자고."

항법 컴퓨터의 자료를 확인해보니, 그 행성의 위치는 어떤 회사의 입주 주소와 겹쳐 있었다.

"회사 이름이 이게 뭐야? 영원 휴양지?"

"꼭 종교 단체나 명상 수련하는 곳 같은 이름인데요."

"그런데 이 회사의 등록 자료를 보면 종교 단체도 아니고 명상 수련하는 곳도 아니라는데."

"그럼 뭔데요?"

"복지시설이라고만 되어 있어."

미영은 가서 당신들은 뭐 하는 사람들이냐고 물어볼 수밖에 없겠다고 했다. 양식은 반대했지만, 고생고생해서 겨우 여기까지 왔는데, 수고비를 받아내기 직전인데, 예감이 조금 불길하니 그냥 돌아가는 것은 아니지 않냐고 미영은 주장했다.

　두 사람은 행성에 착륙했다. 잠시 호출 통신을 사방으로 보내며 기다리자, 그 복지시설이라는 곳의 직원 한 사람이 나타났다.
　"영원 휴양지에 오신 것을 환영합니다. 혹시 신규 가입자 등록을 하러 오신 건가요, 고객님?"
　"좀 여쭙고 싶은 것이 있는데요."
　미영은 간단히 자기소개하고, 이 복지시설에 왜 겨울잠 장치가 필요한 것이냐고 따져 물었다. 직원은 한동안 대답을 피했다. 회사의 경영진과 법률 담당 직원들에게 연락해 무엇인가를 묻는 것 같았다. 이런 일들은 상당한 시간이 걸려 미영과 양식은 제법 오래 기다려야 했다.
　기다리던 미영이 자꾸 이러면 이런 수상한 곳이 있다고 은하 통신망에 확 공개해버리겠다고 떠들고 난 후, 마침내 직원은 영원 휴양지가 뭐 하는 곳인지 말해준다고 대답했다. 그러면서 직원은 시설의 중심부로 두 사람을 데려갔다.
　"저희는 노인 복지 시설이에요. 노인 요양원 내지는 노인

휴양소 같은 곳이지요."

"양로원 같은 곳이라고요?"

"뭐, 그 비슷하긴 한데. 신개념 융합 기술 기반의 새로운 비즈니스를 하는 거죠."

"무슨 말인지 모르겠는데요. 어쨌든 그래서 양로원에 겨울잠 장치가 왜 필요하죠?"

"아무래도 힘없고 두뇌 기능도 점점 저하하는 노인들을 돌본다는 게 힘든 일이잖아요? 그래서 보통 이런 노인 요양 시설에는 돈이 많이 들기 마련이지요."

거기까지 이야기를 듣자 양식은 마침내 이 시설이 어떤 곳인지 짐작할 수 있을 것 같았다. 직원이 이어서 말했다.

"그렇다고 무슨 옛날 전설처럼 노인들을 어디 갖다 버릴 수도 없는 노릇 아니겠어요? 그래서 저희들은 신기술을 이용해서 새로운 해결책을 만들어낸 거예요."

"신기술이 아니라, 이제는 별 쓸모가 없어진 옛날 기술인 겨울잠 장치를 이용한다는 거죠?"

"사실 그렇긴 하죠."

직원은 잠깐 멈칫거렸다.

"저희 휴양지에 새로 노인분이 입주하시면 겨울잠 장치에 들어가 계속해서 잠자는 상태가 됩니다. 그리고 그대로 그냥 가만히 보존되어 있게 되는 거예요. 이 겨울잠 장치는 물과 질소를 계속 넣어줘야 해서 우주여행용으로는 좋지 않았죠. 하지만 저희 행성에는 강물도 많이 흐르고 공기 중에 질소도 많아요. 그래서 겨울잠 장치를 가동하는 것은 어렵지 않고, 가동하는데 비용도 거의 안 들어요. 그래서 노인분들을 그냥 겨울잠 장치 속에 넣어서 천 년이고 만 년이고 영영 보관만 하는 거죠. 이렇게 하면 관리하기도 정말 간편하죠. 문제나 소동을 일으키는 노인도 없으니까 아무 부담도 없고."

거기까지 설명을 들은 미영이 물었다.

"이렇게 통 속에 들어가서 천 년 만 년 잠만 자고 싶다고 찾아오는 노인들이 있어요?"

그러자 양식이 대신 대답했다.

"인생이 끝날 때까지 계속 노인 연금이 나오는 제도가 있는 나라들이 있잖아요. 그런 나라 노인들이 이런 장치 속에 들어가서 그냥 계속 겨울잠만 몇백 년, 몇천 년씩 자는 거죠. 그동안 연금은 계속 꼬박꼬박 나올 거거든요. 그 돈을 노인의 자식들과 손자들이 사용하는 겁니다. 영원히 나오는 연금을 젊은 후손들이 타서 쓸 수가 있는 거예요."

직원이 이어서 말했다.

"저희가 법을 어기면서 사업을 하고 있지는 않아요. 세금도 다 내고 있고, 안전 규정과 윤리 규정도 다 준수하고 있고요. 다만, 저희 같은 사업이 있다는 것이 너무 널리 알려지면 분명

히 탐탁지 않게 생각하는 사람들이 있을 것 같거든요. 그러면
그 사람들이 문제를 제기해서 저희 사업을 중단시키려고 할
것이고, 회사는 어려움을 겪을 겁니다. 저 같은 직원들은 일
자리를 잃을 거고요. 어떻습니까? 그냥 저희를 발견하지 못한
거로 처리하시면, 저희 쪽에서 원래 받기로 하신 수고비보다
더 많은 수고비를 드리려고 해요."

그즈음 세 사람은 시설의 중심부에 도착했다. 그곳에는 수
천 개의 겨울잠 장치들이 거대한 건물처럼 줄줄이 가득 쌓여
있었다. 그 광경은 마치 수천 개의 가지가 뻗은 거대한 고목들
이 한데 모여 정글을 이루고 있는 것 같았다.

"중심부를 통해서 물과 질소가 계속 겨울잠 장치로 들어가
고 있어요. 저 장치만 돌아가고 있으면 언제까지나 꾸준히 저
속에서 계속 잠을 자면서 살아계실 수 있는 거예요. 저희 회사
에서는 노인들이 들어 있는 저 겨울잠 장치를 화분이라고 부
르죠."

직원은 그렇게 말하고는 미영과 양식이 어떤 결정을 내릴
지 기다렸다.

— 2020년, 테헤란로에서

제 8 행성

재 생 행 성

진행자가 말했다.

"요약하자면, 저희는 완전히 쫄딱 망했다는 이야기입니다."

목소리는 카랑카랑했다. 모여 있는 사람들이 괜히 약간 기가 눌리는 듯한 느낌이 들 정도였다. 자기가 망했다는 이야기를 하는 것뿐인데 '너희들도 까딱하면 망할걸'이라고 위협하는 것처럼 들렸다.

듣고 있던 미영이 진행자에게 물었다.

"잠깐만요. 요약하신 내용에 대해서 하나만 더 여쭤볼게요. 이해가 안 가는 대목이 있어서요."

"뭐죠? 회사 제품이 금지딩했다, 그래서 돈을 못 벌게 되었다, 망했다. 어려울 대목이 없는데요?"

"그 제품이라는 것이 다중 성격 평가 소프트웨어였는데, 성능이 아주 좋았다면서요."

"기가 막혔죠. 성격 평가 문제 몇십 개를 풀게 하는 것만으로 그 사람 성격을 다 맞힐 수 있었다니까요. 이 사람은 이 회사에서 일하면 사람들 사이에서 쉽게 친해지지 못할 거다, 이 사람은 의사가 되면 정년퇴임하기 전까지 큰 사고칠 확률이 60퍼센트다, 이 사람은 공무원이 되면 위에서 내려오는 지시를 어기거나 규정을 무시하려고 들 확률이 5년 평균 3번일 가능성이 90퍼센트다, 등등 정말로 구체적이고 정확하게 사람 성격과 그 영향의 평균치를 예상할 수 있었죠."

자기 회사의 평가 소프트웨어 성능에 관해 이야기하는 동안 진행자는 어느새 뿌듯한 표정을 짓고 있었다. 미영은 계속해서 물었다.

"그게 이해가 안 가는데요. 불량 프로그램도 아니고 그렇게 성능이 좋은데 왜 금지를 당했죠? 특히 요즘 성간 조합 운영진들은 특히 이 회사처럼 새롭게 커나가는 회사들을 좋아한다고 들었는데요. 왜 성간 조합에서 그렇게 성능이 뛰어난 프로그램을 금지했을까요?"

"성간 조합이 무조건 중소기업 편만 든다는 것도 편견이죠. 옛날에 지구에서는 모든 다툼을 좌파와 우파의 다툼으로 나눠서 생각하는 게 유행했다고 하죠? 저 사람은 좌파다, 그런데 그 문제에서는 어떤 조직이 좌파 편이다. 그러니까 분명히 저 사람도 그 조직 편을 들 거라는 식으로. 요즘도 그렇게 생각하는 사람들이 있기는 하죠. 모든 문제를 다 시계방향파와 시계반대방향파의 다툼으로 나눠서 생각하는 사람들도 있으니까. 그런데 세상 문제들이 어디 그렇게 딱딱 편으로 나뉘던가요. 성간 조합은 저희 소프트웨어를 되게 싫어하더라고요."

"사람의 성격을 판정한다는 것은 민감하고 미묘한 문제인데 그 정도로 정확하다고 해도 아직은 부족하다고 생각했기 때문일까요?"

"전혀 아닙니다. 회사 프로그램은 2기가와트의 전력을 소모하는 거대 컴퓨터 연합 기계로 작동됩니다. 순전히 저희 프로그램을 돌리려고 그걸 만들었다니까요. 컴퓨터 중간에 원자로가 있어서 그 힘으로 움직이는 컴퓨터예요. 우리 은하계 안에서 이것보다 더 좋은 프로그램은 당분간 있을 수 없어요."

"그러면 뭐가 문제였는데요?"

"성능이 안 좋아서가 아니라, 너무 성능이 좋아서 조합에서 금지시킨 겁니다."

"너무 좋아서 금지를 당했다고요?"

미영은 알 수 없다는 표정을 지으며 한쪽 눈을 조금 찡그렸다. 진행자는 다시 열의 있는 목소리로 변해 대답을 이어갔다.

"저희 프로그램으로 성격 분석을 하는 게 너무 잘 맞다 보니까, 이게 사람의 운명을 정해서 낙인 찍는 것 같다고 금지당한 겁니다. 사장님이 의사가 되려고 한다고 해봅시다. 모든 시험을 우수한 성적으로 통과했다고 해도, 저희 프로그램이 당신은 의사가 되면 병원에 제대로 적응하지 못하고 큰 문제를 일으킬 가능성이 80퍼센트라고 하면 아무 병원에서도 사장님을 채용하려고 하지 않을 겁니다. 그건 쉽게 고칠 수 없는 성격이 원인인 문제니까요. 한편으로는 저희 프로그램이 워낙 복합적으로 판단이 이뤄진다는 점도 문제였습니다. 판단이 맞기는 맞지만 왜 그런 판단을 내렸는지 사람이 쉽게 이해할 수 있게 설명을 해줄 수가 없어요. 그러니까 영문도 모른 채 그냥 컴퓨터 프로그램이 문제 가능성 80퍼센트라고 했다는 이유로 의사 일을 못 하게 되는 식이죠. 그렇게 되면 사람들이 엄청나게 불만스러워할 테니까 정부에서는 저희 프로그램을 금지했습니다."

"어떤 이야기인지 알겠네요."

"거기다가 저희 프로그램이 예측하는 결과가 평균적인 확률이라는 것도 문제죠. 성격상 사고 칠 확률이 80퍼센트라는 건 평균 80퍼센트라는 소리예요. 그러니까 사고칠 확률이 80퍼센트라는 결과가 나왔다고 해서 절대 의사로 뽑지 않는다면, 반대로 20퍼센트는 훌륭하고 모범적인 의사로 생활할 사람인데도 의사가 될 기회를 영영 얻지 못한다는 이야기니까, 역시 억울하다는 말이 나올 수 있을 겁니다."

진행자는 말을 마치고 미영으로부터 고개를 돌려 다시 모여 있는 사람들을 바라보았다.

"그런 이유로 저희는 완전히 망한 겁니다. 그래서 이제부터는 회사 재산을 다 처분해서 남아 있는 돈을 어떻게든 투자자들께 한 푼이라도 돌려드리려고 하고 있습니다. 여기까지는 다들 이해하셨지요?"

미영은 고개를 끄덕였다. 진행자의 말이 이어졌다.

"이제부터 회사의 투자 기록이나 재산 처분 기록 같은 것들을 여러분들에게 나눠드릴 겁니다. 그것을 보고 회사 재산 중에 현금으로 바꿀 수 있는 것이 있어 보인다면, 가서 조사해서 확인해보시고 알려주시면 됩니다. 그러면 저희가 그것을 현금으로 바꾸어서 빚도 갚고 투자자들에게도 조금이라도 돈을 돌려드릴 겁니다."

화면에 어떤 기록이 어떻게 전송되었는지가 나왔다. 그러자 모여 있던 사람들은 저마다 자기 컴퓨터를 보면서 어떤 자료가 왔는지 확인해보기 시작했다.

미영도 마찬가지로 자료를 살펴보려고 했다. 그런데 옆에 있던 양식이 말했다.

"이건 우리가 사업을 시작한 목적과는 안 맞는 일인 것 같은데요."

"저 사람들 꼴 보면 모르겠어요? 목적이고 뭐고 팔릴 수가 없으면 아무리 제품이 좋아도 망하는 거라고. 우리도 뭐가 되든 장사가 되면 해야 하지 않겠어요? 그나마 이번 일은 경험도 쌓이고 괜찮은 것 같은데."

미영이 말하자 양식은 더는 따지지 않았다.

두 사람은 우주선으로 돌아가서 자료를 좀 더 자세히 살펴보았다. 그런데 받아본 자료 중에 자꾸 눈에 거슬리는 대목이 있었다. 양식의 발견이었다.

"사장님, 이 자료를 보면 재생공학사라는 회사하고 거래하는 게 좀 이상해 보이는데요?"

"그러네. 별로 그렇게 널리 알려진 회사도 아닌데 거래가 많기도 하고."

곧 미영과 양식은 재생공학사라는 회사에 이 망한 회사의 재산이 숨겨져 있거나, 그게 아니라도 무엇인가 음험한 거래가 있을지도 모른다는 생각을 하게 되었다. 곧 둘은 재생공학사 회사의 공장과 물류 창고가 있다는 행성으로 날아갔다.

재생공학사가 있는 행성은 한때 방사능 물질 자원 채굴로 번성했던 행성이었다. 그러나 채굴이 끝난 지금은 행성이 거의 버려져 있었다. 빈집, 빈 고층 건물, 빈 동네, 빈 도시가 행성 곳곳에 있었다.

"그냥 채굴 끝나서 사람들이 떠난 것뿐인데 무슨 전쟁이나 전염병이 터져서 다 멸망한 것 같이 황량하네요."

"원래 불경기는 전쟁이나 전염병만큼 무서운 거라고 하잖아."

재생공학사는 텅 빈 건물이 끝없이 이어져 있는 황량한 빈 도시의 끝에 자리 잡고 있었다. 빈터와 빈집을 다시 재활용하고 고쳐 만든 건물이었다. 주변 풍경과 영 안 어울리기는 했지만, 그렇게 깨끗하게 고쳐놓으니 널찍하면서도 튼튼해 보였다. 그러면서도 이미 개발된 도시의 한 켠을 활용해 큰 비용을 들이지 않고 손쉽게 만든 듯 보였다.

건물 입구에 들어서자, 중앙에 조명을 받아 빛나는 아름다운 탑이 있었다. 장식물 같아 보였는데 넓은 건물 1층에 어울리는 규모였고 높이도 높았다. 사람 키의 여섯 배, 일곱 배는 가볍게 넘어갈 만한 높이로 보였다. 그리고 그 탑에는 꽃인지 열매인지 튀어나온 부분이 가득 달려 있었다. 그 튀어나온 부분은 조명을 받아 은은히 빛나고 있었다. 얼핏 봐서는 무슨 모양인지 알 수는 없었지만 색깔만은 아름답고 편안했다. 여러 색이 있었는데, 그러면서도 알록달록하다거나 화려하지는 않았다. 그저 자꾸 눈이 가고 편안하고 익숙한 느낌이 들었다.

"그런데 저거, 사람 손 아니에요?"

양식이 말했다. 미영은 탑 가까이에 가서 보았다. 정말 그 튀어나온 장식 모양은 사람 손이 맞았다. 사람 손 모양이 수백, 수천 개가 가득 달려 돌아가는 형태로 탑이 꾸며져 있었다.

"이거 뭐로 만든 거지? 으악, 이거 움직이는데? 살아 있는 거 아니야?"

미영은 그 손들이 움찔거리는 모습을 보고 놀라서 뒤로 물러섰다.

곧 재생공학사의 홍보팀 직원이 나타났다. 오는 길에 미리 연락을 받은 홍보팀 직원은 친절하게 모든 것을 최대한 알려주겠다고 했다. 다만 민감한 문제가 있을 수도 있을 테니, 항상 인공지능 변호사를 전화로 연결해둔 채로 대화를 나누겠다고 말했다. 미영은 고맙다고 인사했다. 그리고 홍보팀 직원에게 물었다.

"그런데 이런 게 있다고 미리 좀 알려주시지 그러셨어요. 저희는 여기가 그냥 보통 의료 기술 연구 회사인 줄 알았는데요?"

"보통 의료 기술 연구 회사 맞습니다. 처음 이런 거 보고 좀 놀라시고 약간 충격도 받으시고 해야 강한 인상을 받으시고, 회사에 대해서 소문도 많이 내주시고 할 것 같아, 이런 세부적인 모습에 대해서는 미리 안 알려 드렸습니다. 죄송합니다."

뭐 죄송할 것까지야 있냐고 미영은 대답했다. 그러나 탑에서 눈을 떼지 못했다.

"그러니까, 로봇 기술로 만든 사람 손과 똑같이 생긴 기계를 달아놓은 거죠? 그러면 이 회사는 팔다리를 못 쓰게 된 사람들에게 로봇 손이나 로봇 발을 달아주는 그런 일을 하는 회사인가요?"

"아닙니다."

"로봇 의수, 의족 회사는 아닌가요?"

"저 탑에 장식된 손 모양 자체가 기계가 아닙니다."

"기계가 아니면요?"

"살아 있는 거죠. 진짜 사람 손이에요."

미영은 그 말을 듣고 놀라 탑 가까이에 가서 살펴보았다. 그러고 보니 정말로 진짜 사람 손과 똑같아 보였다. 진짜 사람 손이 어떻게 생겼는지 평소에 깊이 마음에 두지 않고 있었기 때문에, 미영은 자기 손을 쳐다보면서 탑에 달린 손 모양과 비교해보기도 했다.

"사람 손이 저기에 왜 있는 겁니까? 어디서 손을 저렇게 많이 구한 겁니까?"

양식이 물었다. 그리고 머릿속에서 수백 개의 사람 손을 손쉽게 구할 방법이 무엇이 있을지 대답을 떠올려보려고 했다.

그러나 직원의 대답은 의외였다.

"저 손은 우리가 길러낸 겁니다. 자원한 직원들의 손톱을 받아서 그 손톱에서 손이 자라나게 한 거죠."

"손에서 손톱이 자라나는 거 아닌가요? 손톱에서 손이 자라날 수도 있어요?"

"저희는 그런 기술을 개발했죠. 만능줄기세포라고 들어보셨죠? 태아가 되기 전에 수정란은 세포 하나일 뿐인데 그게 자라나면 팔도 되고, 다리도 되고, 온몸의 모든 부분으로 자라날 수가 있잖아요? 그런 온몸의 모든 부분으로 자라날 수 있는 세포를 만능줄기세포라고 부르죠. 저희는 보통 세포를 만능줄기세포로 변하게 하는 기술을 갖고 있어요. 손톱을 만능줄기세포로 변하게 하고 적당히 물과 영양분만 주면 아기가 자라듯 쑥쑥 손톱에서 손가락이 자라나고 손가락에서 손바닥이 자라나고 거기에서 다시 다른 손가락들이 나와서 저렇게 손으로 자라나는 겁니다. 우리가 이렇게나 손을 많이 만들어 낼 수 있을 정도로 기술에 뛰어나다는 점을 보여주기 위해서 저런 탑을 만들어놓은 거죠."

그 말을 듣고 미영이 말했다.

"그러니까, 저런 식으로 사람의 손이나 장기를 만들어 판매하는 회사라는 거죠? 예를 들어서 간이 안 좋은 사람이 있다면, 간을 아주 조금만 떼어내도 재생공학사에서 진짜 간 크기로 키워낼 수가 있으니까, 그걸 필요한 사람에게 이식해주는 용도로 팔고. 그런 거 맞죠?"

직원은 맞다고 대답하면서 다른 이야기를 덧붙였다.

"그런 사업도 하는데, 그런 정도의 사업을 하는 회사는 우리 은하계에 다른 곳도 몇 군데 있죠. 저희는 좀 더 획기적인 사업을 하는 곳이에요."

"어떤 사업을 하시는데요? 다른 장기를 만드나요?"

"저희는 장기를 만드는 게 아니라, 아예 사람 한 명을 통째로 만들어요."

양식이 되물었다.

"사람을 통째로 만든다고요? 어떻게 그럴 수가 있는데요?"

"못할 것도 없죠. 손을 저렇게 많이 만들었잖아요? 만약에 저 손을 계속 기르면 거기서 팔이 돋아날 거고, 그걸 계속 기르면 또 상반신도 자라나고 거기서 하반신도 자라날 거예요. 그러면 진짜 사람이 되는 거죠."

"그런 걸 만들어내려는 사람이 있어요?"

"있지요. 만약에 여러분이 지금 쇠약해져서 곧 세상을 떠나게 되었다고 합시다. 그때 이 기술을 이용하면 여러분 몸의 일부만을 떼어낸 뒤에 그것을 자라나게 해서 새 몸이 하나 생기게 할 수가 있죠. 여러분의 몸에서 돋아난 몸이라는 점에서 여러분 몸의 다른 부위와 전혀 다를 게 없는 몸이에요. 여러분에게 새로운 몸이 생기는 것이고. 그 새로운 몸으로 다시 한평생을 살 수 있죠. 그런 식으로 계속 다시 태어나면서 사실 수가 있어요."

이번에는 미영이 따졌다.

"그런 걸 제가 다시 태어난 거라고 할 수 있을까요? 기껏해야 제 손톱 하나가 자라난 것뿐이잖아요. 그런데 손톱 깎은 걸 쓰레기통에 버리면서 나 자신을 쓰레기통에 버리고 있다는 생각은 안 하는데요. 손톱 조각에서 자라난 몸뚱이를 저 자신이라고 할 수 있을까요?"

"진짜 여러분 몸하고 다를 게 없는 몸이라니까요? 게다가 꼭 손톱 조각으로만 할 수 있는 것도 아니에요. 뇌세포를 좀 떼어내 길러서 뇌세포에서 뇌가 생겨나게 하고 뇌에서 머리통이 자라나게 하고 머리통에서 목과 상반신이 자라나게 하고 거기에서 다시 하반신이 자라나게 해서 사람을 길러낼 수도 있어요. 자기 뇌의 일부에서 다시 몸이 생겨난 건데, 그걸 자기 몸이 아니라고 할 수 있을까요? 뇌세포를 좀 떼어내는 게 아니라, 한 10퍼센트, 20퍼센트 떼어낼 수도 있고, 한 40퍼센트, 50퍼센트쯤 뭉텅이로 잘라내서 키울 수도 있어요. 그렇게 하면 기억과 성격도 많이 나눠 가지게 된다고 하죠. 여러분을 정확히 절반으로 잘라서 그 반쪽씩을 각각 자라나게 해서 두 사람 치를 만들어냈다고 하면, 둘 다 여러분이라고 해야 하지 않을까요?"

직원은 컴퓨터로 자료를 좀 더 확인해보더니 필요한 정보를 하나 더 알려주었다.

"요즘 회사 서비스에 관심이 있으신 분들이 부쩍 많아졌어요. 여러분께서 조사하고 계신 그 회사에서도 직원들 복지 차원에서 서비스에 가입시켜주려고 알아보신 거더라고요. 저희 회사 서비스를 이용한다면 젊은 몸을 얻어서 인생을 한 번 더 살 수 있게 되는 거니까."

미영은 떠나기 전에 마지막으로 질문 하나 했다.

"그런데 그냥 몸을 젊어지게 바꾸는 방법도 있지 않겠습니까? 굳이 이렇게 자기 자신을 한 명 더 만들어내는 좀 이상한 방식을 택할 필요가 있을까요?"

"몸을 젊어지게 해도, 갑자기 사고를 당한다거나 해서 그 몸을 잃으면 그것으로 인생이 끝이죠. 그렇지만 이렇게 제2, 제3, 제4의 자기 몸을 여러 개 만들어 보관해두면, 사용하던 몸이 생명을 다하면 그때 두 번째 몸을 깨워서 사용하면 돼요. 주민등록이나 재산도 다 새로 깨어난 몸이 이어받도록 미리 계약해놓으면 되는 것이고."

조사를 마친 미영과 양식은 진행자에게 다시 돌아가서 모든 상황을 다 이야기했다. 진행자는 곧 망한 회사의 자료를 뒤져보았는데, 아쉽게도 환불 규정은 없었기에 재생공학사로부터 망한 회사가 돈을 받아낼 방법은 없었다. 그렇지만 의외로 진행자는 기뻐했다.

"그렇지만 그 재생공학사라는 회사는 우리 회사를 다시 일어서게 해줄 고객이 될 수 있을 것 같습니다. 재생공학사의 서비스가 성공하려면 새로 생긴 몸과 원래부터 있던 몸 간에 다툼이 생기면 안 되거든요. 새로 생긴 몸은 원래부터 있던 몸으로부터 재산과 신분을 다 넘겨받아야 하는데, 원래의 몸이 세상 떠나기 전에 갑자기 마음이 바뀌어서 전부 없던 일로 하자던가 하면 깨어날 준비를 하던 새로 생긴 몸 입장에서는 곤란해지죠. 중간에서 회사 입장도 난감해지고."

그러다 자신만만하고 희망찬 어조로 이렇게 말을 맺었다.

"그런 일을 막기 위해서 바로 성격 검토 프로그램을 쓰는 겁니다. 또 다른 자기의 몸과 자기가 다툴 만한 성격인지 아닌지 미리 성격 검사 프로그램으로 확인해보자는 거죠. 이건 자기가 자기 자신을 검사해보는 용도일 뿐이니까 규제도 피해 갈 수 있을 거라고요."

— 2020년, 서울 지하철 7호선에서

제 9 행성

기 억　　　행 성

양식은 미영의 계획을 듣고 놀랐다.

"뇌 수술을 받으시겠다고요?"

"지난번에 우리가 별로 돈 안 될 것 같은 일 했을 때, 정말로 돈 별로 못 받았던 거 기억나지? 그런데 이번에 다시 연락이 왔는데 돈 조금 밖에 못 준 게 미안하다고 대신에 뇌 수술 상품권을 준다고 하더라고. 그래서 상품권 생긴 김에 쓰려고."

"그때 일이야 기억나긴 나죠. 그때 제가 분명히 이런 일은 우리가 사업을 시작한 목적에 맞지 않으니까 하지 말자고 했는데 사장님께서 뭐 어떠냐고 하자고 해서 그렇게 된 거잖아요."

"그런 걸 그렇게 세밀하게 기억해? 하여튼 상품권을 그냥 버리기는 아까워서 뇌 수술받으려는 거야."

양식은 이상하다는 생각이 들었다.

"잠깐만요. 어디 뇌가 아프신 거예요? 뇌에 무슨 병이 걸렸다거나, 안드로메다 변종 뇌 기생충이 들어왔다거나? 그런데 사장님, 안드로메다 변종 뇌 기생충이 머리에 들어오면 텔레파시로 남의 마음을 다 알 수 있게 된다는 거 정말이에요?"

"그런 거 아니고요. 내 뇌는 멀쩡해."

"그런데 왜 수술을 해요?"

"더 좋게 하려고. 이번에 대뇌 내장용 컴퓨터가 엄청 싼 게 나왔더라고. 간단하게 무선 USB로 다른 기기와 연결할 수도 있고, 3.5파이 잭도 달려 있고."

"뇌에 3.5파이 잭이 있으면 편하기는 하죠. 그런데 그렇다고 뇌 수술을 해요?"

"생각해봐. 머리에 컴퓨터가 달려 있으면 얼마나 편하겠냐?"

"아무리 편해도 그렇죠. 사람 뇌에 구멍을 뚫어서 뇌세포에 전선을 달고, 막 그렇게 수술을 하는 건데 그런 일을 그냥 상품권 생겼다고 막 해도 되는 거예요?"

"안 될 건 또 뭐야?"

"무섭지 않아요?"

"김양식 이사가 또 옛날 사람처럼 말하네. 간단하게 두뇌 속에 작은 컴퓨터 하나 끼워 넣는 게 무슨 무서운 수술이야?"

"두개골 안에 있는 뇌에 칼을 대는데, 어떻게 안 무서워요?"

"원래 기술이 발전하면서 엄청 무서운 것 같은 일도 점점 안 무서워지는 거야. 옛날 사람들은 시속 100킬로미터, 200킬로미터로 달리는 열차를 보면서 저게 갑자기 철로에서 벗어나서 뒹굴면 어쩌나, 엄청 무서워했잖아? 그런데 기술이 발전해서 안전해지니까 사람들이 그런 거 하나도 안 무서워하게 됐다고. 또 옛날 사람들은 20층, 30층짜리 건물을 짓고 그 꼭대기에서 산다고 하면 무너질까 봐 얼마나 무서워했겠어? 그렇지만 세월이 지나니까 하나도 안 무서워하고 그런 고층 건물이 전망 좋다고 서로 살려고 하잖아. 요즘은 수술 로봇이 작업해서 뇌 수술도 별것 아니야. 안 무섭다고."

"그래도요. 상품권 생겼다고 뇌 수술하는 건 좀 그런데요."

미영은 우주선 조종 컴퓨터에 목적지를 입력하면서 말했다.

"그런 건 무서워하는 사람이, 우주선 타고 이 먼 우주에 나와서 초공간 도약 항법으로 날아가는 건 안 무섭나?"

"그건 좀 다르죠."

양식은 그렇게 대답하고 곧 우주선을 초공간 도약시켰다.

미영이 도착한 행성은 다양한 수술과 치료를 위한 연구가 발전해 있기로 유명한 행성이었다. 20세기 지구의 도시에는 시가지 한구석에 가구 거리라는 곳에는 가구를 파는 상점들이 모여 있었고, 곱창 골목이라는 곳에는 곱창 요리를 파는 상점들이 모여 있었다. 그렇듯이 이 행성에는 행성 전체에 병원들이 가득했다. 은하수 곳곳의 행성에서 학생들이 유학 오는 유명한 의대도 여러 곳이 있었고, 외계 생명체만을 전문으로 연구하는 외계 의사들의 연구시설들도 많았다. 그들의 연구를 위해서 외계생물원도 크고 근사하게 마련되어 있었다.

"겉보기에 지구의 나비와 비슷하게 생겼고 비슷한 행동을 한다고 해서, 감마볼타 행성 나비가 정말로 지능도 떨어지고 벌레 같은 동물인 줄 어떻게 압니까? 지구 사람들은 전혀 생각도 못할 방식으로 자기들끼리 깊은 생각을 가진 활동을 하고 있어서 알아보지를 못할 뿐인 것 아닌가요? 나비하고 겉보기에는 똑같이 행동하는 것 같아도 사실은 엄청나게 고상한 사상을 발전시킨 종족일 가능성도 있잖아요. 실험용으로 가둬놓을 것이 아니라 당장 풀어 줘야 합니다."

미영이 행성에 착륙해 처음 만난 사람은 외계생물원은 해체되어야 한다고 시위하는 사람이었다. 그 사람은 워낙 예전부터 이런 시위를 해왔는지, 행성 주민인 의사와 간호사들은 그 사람에게 눈길도 주지 않고 그냥 덤덤히 옆을 지나갔다.

그러나 미영 입장에서는 그 사람이야말로 눈이 마주친 첫

번째 사람이었다.

"저, 죄송합니다만, 제가 예약한 병원으로 가면 어디로 가야 되는지 아시나요? 우주선에서 컴퓨터로 주소를 찾아보니까 건물은 있지만 들어갈 수 있는 문 같은 게 전혀 없던데요."

미영의 질문을 듣고 시위하던 사람은 반가워했다. 그리고 외계생물원의 문제점에 대해서 한동안 설명했다. 미영은 "네" "그렇네요" "그렇죠" "맞죠" "그렇긴 해요"라고 간간이 대답하면서 긴 설명을 모두 들었다. 그러자 시위하던 사람은 이렇게 대답해주었다.

"이 행성에서는 어디로 가든지 항상 보험공사를 통해서 가야 해요. 보험이 이 행성을 지배하고 있죠. 지금 가입해놓은 보험이 어떤 건지 아세요? 아시면 저기 길가에 있는 컴퓨터에서 검색해서 일단 그 보험공사 창구로 가시면 거기서 병원에 데려다줄 거예요."

미영은 그 조언을 따라서 자신이 가입한 보험을 다루는 건물에 먼저 찾아갔다.

보험을 다루는 곳에는 단 한 명의 사람도 없었다. 보험에 관한 일은 모두 로봇이 다 처리하고 있었다.

"신기하네요. 사람이 이렇게나 일을 안 하는 곳이 있다니."

"10년 전에 있었던 '그딴 식으로 일을 처리할 바에야 사람 대신 로봇보고 하라고 하겠다 폭동'이 벌어진 뒤에는 정말로 보험 일은 전부 다 로봇에게만 시키는 것으로 법이 바뀌어서 그렇습니다."

로봇은 친절하게 미영이 가야 할 병원과 받아야 할 수술을 알려주었다. 곧 로봇 택시가 한 대 나타나 미영을 뇌 수술 전문 병원으로 데려갔다.

"정말 무섭고 긴장되지 않으세요?"

수술 직전에 양식은 통신을 걸어서는 그렇게 물었다.

미영도 걱정을 아예 하지 않은 것은 아니었다. 하지만 막상 수술을 시작해보니 정말 간단했다. 뇌 수술이라지만 커다란 드릴로 뼈에 구멍을 뚫는 그런 수술은 아니었다. 가느다란 바늘 같은 관을 살짝 끼운 뒤에, 거기를 통해서 0.1밀리미터 정도 크기의 아주 작은 기계 장치들을 두뇌 속으로 여러 개 집어넣는 그런 방식의 수술이었다.

머릿속에 들어간 그 먼지보다 작은 기계들은 스스로 움직이며 자리를 잡았고, 곧 서로 연결되어 하나의 덩어리가 되었다. 덩어리가 된 기계들은 외부에서 신호를 보내자 작동되기 시작했다. 곧 뇌에 있는 신경 중에 연결되어야 할 곳을 찾아서 스스로 전선을 뻗으며 연결되고 서로서로 결합했다.

"수술 자체는 다 잘되었고요."

"벌써요?"

"네. 그런데 연결 신호가 잘 통하는지 알아보기 위해서, 지

금 시험 통신을 한번 강하게 할 거거든요. 그때 조금 느낌 이
상할 수 있어요."

말이 끝나기가 무섭게 머릿속에 달린 기계가 뇌 곳곳으로
이런저런 전기 충격을 보내는 것이 느껴졌다. 갑자기 눈앞이
하얗게 변했다가 노랗게 변했다가 할 때도 있었고, 높은 소리
와 낮은 소리가 빠르게 들리는 듯한 현상도 있었다. 곧이어 마
음속에서 아주 강렬하게 '물레방아'라는 단어가 떠올랐다. 그
다음에는 '물김치'라는 단어와 그 모습이 아주 또렷이 떠올랐
다. 그러더니 또 갑자기 '뻥튀기'라는 단어와 함께 그 맛과 감
촉이 너무나 생생하게 마음속에 가득 찼다.

"어떠세요?"

"물레방아, 물김치, 뻥튀기, 이런 게 갑자기 생각나는데요."

"그러면 끝났습니다. 부팅도 잘되셨어요. 이제부터 뇌 속
컴퓨터가 잘 작동할 겁니다."

"감사합니다."

미영은 병원에서 걸어 나오면서, 내장 컴퓨터가 잘 작동하
는지 간단하게 한번 실험해보고 싶었다. 미영은 마음속으로
숫자 몇 개를 떠올려 보았다.

"4,260 곱하기 426,426는?"

그렇게 머릿속에서 생각하고 있으니, 1,816,574,760이라
는 숫자가 갑자기 머릿속에서 떠올랐다. 느낌은 좀 달랐다. 좋

아하는 영화에 출연한 유명한 영화배우 이름이 갑자기 생각
나지 않아서 '그 사람 이름이 뭐였더라'라면서 한참 답답하게
고민하면서 생각이 날 듯 말 듯 할 때의 그런 이상한 감각이
드는데 그렇다고 정말로 계속 생각이 나지 않는 것은 아니고
슬며시 생각나는 그런 느낌으로 계산 결과가 생각났다.

전화기에 있는 계산기로 4,260 곱하기 426,426을 계산해보
니 정말로 1,816,574,760이 맞았다. 머릿속에 달린 컴퓨터가
재빨리 계산해서 뇌에 답을 밀어 넣어준 결과가 정확했다는
의미였다.

미영은 곧장 도서관으로 달려갔다. 그리고 그곳에 있는 백
과사전을 펼쳤다. 그리고 맨 앞부분부터 빠르게 읽기 시작했
다. 특히 백과사전의 복잡한 도표나 그림도 유의 깊게 살펴보
았다. 읽고 본 내용은 머릿속에 설치된 컴퓨터에 모두 다 저
절로 저장되고 있었다. 잠시 후 돌이켜 보니 생생하게 기억나
는 느낌이었다. 미영은 기뻤다. 이제 백과사전의 내용 전부를
머릿속에 정확하게 모두 담아 넣고 다닐 수 있을 거라고 생
각했다.

"알파센타우리 식민 행성에 대해서 아무거나 물어봐. 어려
운 것도 좋아."

도서관에서 돌아온 미영은 우주선에 가서 양식에게 그렇게
물었다.

"음······ 알파센타우리 식민 행성에 사는 외계 딱정벌레는 사람을 잡아먹는 데 시간이 얼마나 걸리지요?"

"그 정도야 뇌 속에 장치 해놓은 컴퓨터가 없어도 내가 원래 상식으로 기억하고 있던 거지. 그런데 지금은 백과사전을 통째로 다 기억하고 있으니까 훨씬 더 정확하게 대답할 수 있어. 외계 딱정벌레가 사람을 먹는 데 시간이 얼마나 걸리냐면, 걸리냐면······."

미영은 답이 생각나지 않는다는 것을 알았다.

"어, 이상한데? 백과사전에 분명히 있던 내용인데 왜 생각이 안 나지?"

"수술 잘 된 거 맞아요? 한번 소비자 상담 센터에 문의해보세요."

"수술은 잘 됐어."

미영은 통신망에 들어가 자신의 뇌 속에 있는 컴퓨터를 만든 회사에 질문했다. 그러자 회사에서 대답하는 말은 다음과 같았다.

"백과사전 회사의 저작권 문제 때문에 백과사전 내용을 완벽하게 기억하려고 하면, 컴퓨터의 저작권 방지 프로그램이 동작해서 일정 시간 후에는 그 내용을 자동으로 삭제하고 있습니다."

"제 기억을 삭제한다고요?"

"뇌 속 컴퓨터에 들어 있는 내용만 지우는 겁니다. 읽으신 백과사전 내용이 그대로 머릿속에 다 복사되어 있다면 그것은 불법 복제나 다름없지 않습니까? 기억하신 내용을 그대로 다른 곳에 써 내려간다면 정말로 백과사전이 그대로 복제될 수도 있고요. 그래서 저작권이 걸려 있는 책은 읽는다고 해도 뇌 속 컴퓨터에 오랫동안 저장되지는 않도록 프로그램되어 있습니다."

"그러면, 제가 뭘 읽는지 컴퓨터 회사에서 계속 감시하고 있다는 거예요?"

"그건 아닙니다. 그냥 뇌 속 컴퓨터에 있는 프로그램이 그때그때 확인할 뿐이지요."

"제 뇌 속 컴퓨터가 제가 뭘 보고 읽는지를 계속 따진다는 거네요."

"그것까지는 어쩔 수 없지 않겠습니까? 백과사전뿐만 아니라 소설이나 수필을 읽으실 때도 만약 그것이 저작권이 있는 글이라면 뇌 속의 컴퓨터는 일정 시간이 지나면 그 내용을 자동으로 삭제합니다. 음악이나 영화를 볼 때도 마찬가지입니다. 만약 그렇게 하지 않으면 음악을 단 한 번만 들으셔도 뇌 속에서 그 곡조를 정확하게 기억하고 있다가 언제든 떠올려서 음악을 듣는 것과 같은 느낌을 받으실 수 있겠지요? 그것은 불법 복제나 다름없습니다. 그래서 듣는 모든 음악, 보는 모든 영상에 대해서도 항상 어디까지 기억할지 뇌 속에서 컴퓨터가 판단합니다."

미영은 잠시 고민하다가 다시 컴퓨터 회사에 따졌다.

"저는 뇌에 컴퓨터를 설치하면 항상 뭐든 정확히 기억하고 아는 게 많은 사람이 될 수 있을 줄 알았는데요."

"뇌 컴퓨터용 백과사전 구독권을 구입하시면 됩니다. 한 달 사용료는 저렴하게 책정되어 있습니다. 프리미엄판을 설치하시면 단순 기억 이외에도 감각 연동도 가능합니다. 그러니까, 백과사전에서 데이지 꽃에 대해 설명하는 부분을 머릿속에서 떠올리시면 데이지 꽃 냄새도 코로 느끼게 해드릴 수 있는 기능이 있습니다."

"너무한데요. 그냥 보통 컴퓨터로 통신망에서 백과사전을 볼 때는 무료로 볼 수 있잖아요?"

"그것은 그런 포털 사이트에서 광고를 보여주는 대가로 백과사전을 무료로 제공하는 거죠. 저희 쪽에도 그런 것은 있습니다. 광고 무료판으로 백과사전을 구독하시겠습니까?"

"무료라면 일단 써보죠, 뭐."

컴퓨터 회사는 그 말을 듣고 뭔가 설치해주겠다고 한 뒤에, 미영에게 마음속으로 불꽃놀이의 모습을 상상하라고 했다. 그러자 뇌 속에 들어 있는 컴퓨터에 프로그램을 보내주겠다고 했다. 그러자 갑자기 미영의 마음속에서 은행나무가 춤을

추는 장면이 떠올랐다.

"은행나무가 춤을 추는 이상한 장면이 갑자기 생각났어요."

"그러면 설치가 완료된 것입니다. 이제 백과사전을 마음대로 쓰실 수 있습니다."

미영은 양식에게 고개를 돌렸다.

"수술이 끝났으니 일단 좀 쉬어야 하니까, 가까운 휴양 행성으로 갈까?"

"그러죠. 어디로 갈까요?"

미영이 어디로 갈지 고민을 하는데 갑자기 마음속에서 아주 명랑하고 경쾌한 목소리가 속삭이는 소리가 들렸다.

"영어 단어 외울 때는 뇌 다운로드 상품을 이용하세요!"

그러더니 가까운 휴양지 행성이 어느 곳이 있는지에 대한 내용이 이것저것 머릿속에 떠올랐다. 그 후로는 무엇이든 골똘히 생각할 때마다 자꾸 광고 문구가 먼저 머릿속에 떠오른 다음에야 생각이 이어졌다. '너는 안드로메다로 유학 가니? 나는 지구에서 안드로메다 공부한다' '지겨운 뱃살 이제 지방 공간이동으로 빼자' 같은 말들이 계속 머릿속에서 멋대로 생각났다.

견디다 못해 미영은 다시 컴퓨터 회사에 접속해서 물었다.

"이거 너무 머릿속에 혼란스러워지고 성가신데요. 왜 이런 게 계속 생각나는 건데요?"

"무료 백과사전을 보는 대신에 광고를 보기로 하셨잖습니까? 머릿속에서 광고를 보여주려면 이런 방식밖에 없습니다."

"그래도 그렇지요. 이래서야 뭐 하나 곰곰이 차분하게 생각을 할 수가 없잖아요?"

"그러면 비의식적 광고로 바꾸시겠습니까?"

"그건 뭔데요?"

"비의식적 광고를 택하시면, 광고 문구를 노골적인 말로 마음속에서 떠오르는 대신에 그 물건을 사고 싶다는 느낌이 슬며시 떠오르게 되어 있습니다. 그렇게 하시면 영어 단어 뇌 다운로드 상품권을 사라는 말이 갑자기 머릿속에 떠오르지는 않죠. 대신에 약한 강도로 마음속에 영어 단어 뇌 다운로드 상품권을 사고 싶은 욕망이 살짝 피어오르게 되어 있습니다. 생각에 방해되는 정도는 훨씬 덜하죠. 광고주들은 광고 효과가 훨씬 더 좋다고 하고요."

잠시 고민한 후, 미영은 뇌 속에 장치된 컴퓨터를 도로 빼내는 수술을 받아야겠다고 결심했다. 어디로 갈지 몰라서 헤매고 있으니, 외계생물원 앞에서 시위하던 그 사람이 다시 찾아왔다. 그러더니 미영에게 이렇게 말했다.

"외계생물원 구경하고 나오시나요? 혹시 사진 촬영하는 대신에 뇌에 장치된 컴퓨터로 그냥 본 것을 정확히 기억하신 거라면 유의하셔야 해요. 누군가를 본 모습을 너무 정확하게 기억하게 되면 그것은 함부로 남을 촬영한 것이나 다름없으니 초상권 침해가 될 수도 있다고 하거든요. 그래서 뇌에 장치된 컴퓨터는 사람 얼굴에 대한 기억은 자동으로 모자이크 처리를 해서 기억하게 되어 있어요. 저희는 외계생물들에 대해서도 같은 조처를 해야 한다고 시위하고 있거든요. 동의하신다면 여기에 서명해주시지 않겠습니까?"

— 2020년, 서초에서

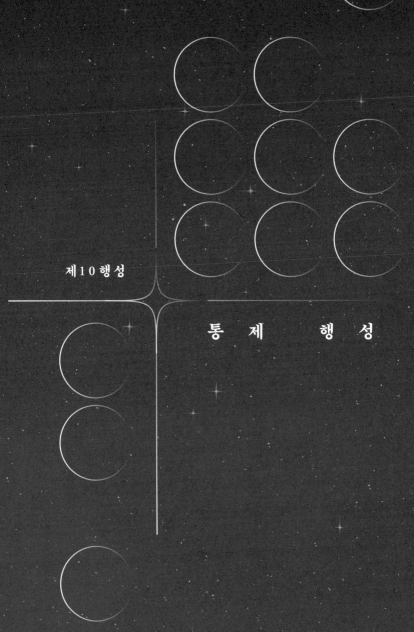

제10행성

통 제 행 성

은하수의 한 켠, 오늘도 신나게 핵융합을 계속하는 G581별 옆에는 우주에서 보면 멋진 푸른색으로 반짝거리는 G581 E행성이 있었다. 그러나 그 행성에서 지내고 있는 양식은 별로 그곳을 아름답게 여기지 않는 것 같았다.

　"이 사무실 정말 견디기 힘들지 않습니까? 위층에서 날아다니는 물고기가 푸드덕거리면서 내려올 때마다 깜짝깜짝 놀라요."

　양식의 말이었다. 미영이 대답했다.

　"뭘 그런 걸 가지고 그래. 그 날아다니는 물고기가 우리 사무실로 들어오는 것도 아니잖아."

　"그래도 갑자기 물고기가 막 퍼덕거리면서 창문 밖으로 지나가면 그때마다 깜짝 놀라요."

"이게 이 행성의 자연 그대로인 생태계야. 멋지잖아? 지구 물고기랑 이렇게 비슷하게 생겼는데 이 행성에서는 날아다닌다는 게?"

"징그럽게 생겼어요."

두 사람의 사무실은 이 행성의 거대한 고층 건물에 자리 잡고 있었다. 이 행성에는 워낙 크고 높은 건물이 많아서 건물 중에는 좀 엉뚱한 것이 갑자기 자리 잡는 곳도 종종 있었다.

"건물 위층 관리인에게 말해봤어?"

"소용도 없어요. 위층에는 아무도 들어오는 사람이 없는데 어쩌다 보니까 물이 가득 차게 되었고 거기에 무슨 해초 같은 것도 막 자라나서 벌써 큰 호수처럼 변해서 손 쓸 수 없게 된 지 한참이래요."

"생각해보면 이것도 신기하고 멋진 거 아니야? 건물 31층까지 사무실이 있고 33층부터도 다시 사무실인데, 32층만 버려져 있어서 그 층에 호수처럼 물이 가득 차 있고 거기가 야생의 정글이라니! 신기하잖아."

그러나 양식은 신기하다는 감상에도, 멋지다는 감상에도 동의하지 않았다. 미영은 양식의 투덜거리는 말을 한참 들었는데 별 대답은 하지 않았다.

그러더니 다음 날 아침에 미영은 사무실 벽에 있는 화면에 광고를 하나 보여주었다. 그리고 이렇게 말했다.

"저기 어때? 우리 저기로 한번 사무실 옮겨볼까?"

화면에는 은하수의 아주 외진 곳에 있는 별이 나왔다. 잠시 후에는 그 별에 딸린 행성들의 영상이 이어졌다. 미영이 계속해서 말했다.

"은전에서 이번에 저 행성에 새로 들어올 사람을 구한다고 광고 크게 하는 거야."

"은전이요?"

"은하계 전행성 개발청. 개발한 지 한참 지난 행성들인데, 지금 잠깐 빈자리가 좀 많아서 저 행성들에 와서 살 사람들을 찾고 있는 거래."

"너무 외진 곳 아니에요?"

"좀 그렇긴 한데, 우리 회사는 우주선 성능이 좋잖아. 멀리 있어도 우리 회사 우주선이면 다니기에 딱히 더 불편할 것도 없지."

"잠깐만요. 갑자기 하루아침에 덜컥 저렇게 먼 곳으로 사무실을 옮긴다고요?"

"이런 일은 기회 되었을 때 빨리 저지르는 거야."

양식은 아무래도 불길한 느낌이 들었다. 그러자 미영은 그러면 한번 가서 구경이나 해보고 결정하면 어떻겠냐고 이야기했다. 양식은 그것도 내키지 않아서, 새 사무실 보러 은하수 이쪽 끝에서 저쪽 끝까지 이리저리 날아다니는 것이 우리가 사업을 시작한 목적은 아니지 않냐고 따졌다.

그렇지만, 또 한번 푸드덕거리며 창밖을 날아다니는 물고기 때문에 놀라고 나니, 양식도 일단은 따라나서게 되었다.

우주선을 타고 은전의 차세대 혁신 행성 개발 단지에 도착하자, 첫인상부터 색다르고 대단해 보였다. 반듯반듯한 모양으로 가지런히 건설된 똑같이 생긴 고층 빌딩들이 시가지에 가득 들어차 있었다. 건물은 다소 특이한 색깔로 모두 똑같이 색칠되어 있었다. 그 색깔들은 단순하지도 않고 복잡하지도 않고 그렇다고 화려하지도 않고 눈에 잘 들어오지도 않았다.

"건물 색깔이 이상하게 많이 보던 색깔 배합이라는 느낌인데, 어디서 봤는지 생각이 안 나네요."

"기억났어. 공무원들이 공문서에서 항상 사용하는 양식에서 쓰는 색깔들이잖아."

차세대 혁신 행성 개발 단지의 건물들은 은전을 관리하는 공무원과 공기업 높은 분들의 취향이 잘 반영된 모양인 것 같았다. 모두 은전에서 건설한 건물들이니까 당연한 일이었다.

미영은 이주희망자 상담을 해주고 있는 로봇을 찾아갔다. 로봇은 건물들에 관해 이야기해주고 건물에 있는 방들을 소개해주면서, 은전에서 건설한 행성에서 사는 생활에 관해서도 말해주었다.

"사람들이 사는 사회에서 수천 년, 수만 년 전부터 갖고 있던 가장 심각한 문제가 뭐였던가요? 바로 부잣집 자손은 아무것도 한 것도 없이 부자로 태어났다는 것 때문에 갓난아기 때부터 부유한 삶을 살고, 가난한 집 자손은 다른 이유도 없이 그저 가난한 집에서 태어났다는 이유로 태어나자마자 힘겹고 가난한 생활을 해야 하는 것 아닌가요? 꼭 부자와 가난한 사람의 차이가 아니더라도 비슷한 차이가 있었죠. 왕족과 평민, 귀족과 노예 등등."

"그게 차세대 혁신 행성 개발 단지하고는 무슨 상관입니까?"

로봇은 차세대 혁신 행성 개발 단지의 건물들을 가리켰다.

"저희 행성은 처음에 오시는 분들 누구에게나 모두 똑같은 재산과 똑같은 집을 드려요. 가난한 집 출신이건 부잣집 출신이건 아무 차이가 없는 거예요. 그래서 같은 재산과 같은 집으로 어떻게 살면서 뭘 해서 성공할지는 철저히 각자의 능력에 달린 거예요. 부잣집 자식이라고 편안한 집에서 살면서 아버지에게 재산을 물려받아 어릴 때부터 떵떵거리는 일도 없고, 가난한 집 자식이라서 어릴 때부터 생활고에 시달리며 사는 일도 없죠. 모두가 같은 출발 선상에서 출발해서 경쟁하는 곳이 바로 이 행성, 차세대 혁신 행성 개발 단지입니다."

그 말을 듣자 양식의 얼굴이 밝아졌다.

"이거 좋은데요. 우리 같이 밑천 없는 작은 회사에 특별히 좋은 제도 아닌가요."

미영도 고개를 끄덕였다. 안내 로봇이 이어서 말했다.

"그럼, 입주를 진행하실까요? 우선 저희가 드리는 옷으로 갈아입으시지요. 모든 조건이 똑같은 상태에서 경쟁해야 하므로, 저희가 기본으로 드리는 옷을 입으셔야 해요. 그리고 지금 가지고 계신 재산은 모두 저희에게 주셔야 합니다."

"뭐, 그게 공정한 것 같네요."

"잠깐만, 잠깐만."

미영이 멈추라고 하면서 말했다.

"그러면 우리 우주선도 줘야 하는 거잖아."

"할 수 없죠. 대신에 은전에서 우리에게 주는 집이랑, 사무실이랑, 생활 밑천이 있잖아요."

"김 이사. 우리 우주선 같은 우주선은 돈 주고도 구하기 힘든 거 알잖아."

"그렇긴 하죠."

두 사람은 옷을 갈아입고, 등록사무실에 걸어가서 입주 서류에 전자 서명을 하기 직전까지 계속해서 토론을 이어갔다. 그렇지만 결국 성능이 뛰어난 회사의 우주선을 쉽게 포기할 수는 없다는데 생각이 모였다.

"아쉬운데요."

"이 옆 항성계에는 은전에서 더 좋은 곳을 개발하겠다고 만든 곳이 하나 더 있대. 거기 한번 가보자. 거기에는 이 행성의 문제점을 해결한, 더 좋은 곳이 있을지도 몰라."

두 사람은 옆 별로 우주선을 타고 날아갔다.

과연 그 별에도 은하계 전행성 개발청에서 도시들을 만들어놓은 행성이 하나 있었다. 이 행성의 풍경은 아까 보았던 행성과 비슷해 보였다. 한 가지 차이점은 이 행성의 건물에는 옆면에 아주 커다랗게 다들 벽화가 그려져 있다는 것이었다. 벽화에는 고무줄놀이하는 어린이나, 숨바꼭질하는 어린이 같은 것들이었다. 그런 비슷비슷한 벽화가 그려진 고층 건물이 10만 채 이상 줄지어 늘어서 있었다.

"그러면, 제3세대 창의성 추구형 혁신 행성 개발 단지에 대해 안내해드리겠습니다."

비슷한 로봇에게 찾아가니 그 로봇은 행성의 건물들로 두 사람을 데려가면서 설명을 이어나갔다.

"옆에 있던 차세대 혁신 행성 개발 단지를 운영하다 보니까, 문제가 드러나더라고요."

"아무래도 그랬겠죠."

"모든 사람에게 똑같은 밑천과 똑같은 집을 주고 시작하더라도, 사람들 능력이 다르니까 삶이 빠르게 차이가 나기 시작하더라고요. 잘생긴 사람들, 인기 있는 사람들은 금방 성공하고, 머리 좋은 사람, 체력이 뛰어난 사람, 꾸준한 노력을 하는 성격을 타고난 사람들도 성공하죠. 그런데 그런 재능이 없는 사람들은 곧 망해버리고 말고요. 그래서 잘 사는 사람과 못 사는 사람의 차이가 크게 갈라지게 되지요."

로봇은 두 사람에게 건물의 중앙에 있는 조작실을 구경시켜주었다.

"그리고 아무래도 재능 있는 사람은 재능 있는 사람들끼리만 결혼해서 결국 재능이 있는 자식을 낳아서 재능이 잘 발달하게 키우더라고요. 그러니까 그 자식도 재능이 있는 사람으로 자라날 확률도 높아지고요. 그런 식으로 몇 세대가 이어지다 보면, 사람들이 재능 있는 사람들 종족과 재능 없는 사람들 종족으로 완전히 갈려버려요. 그렇게 되면 재능 있는 사람들 종족은 결국 항상 돈을 많이 벌고 세상을 지배하죠. 태어날 때부터 재능 있는 부모 밑에서 좋은 재능을 물려받아서 태어나니까요. 그리고 그 자식도 재능 있는 몸으로 태어나서 평생 재능있는 사람으로 살고, 다른 재능 있는 사람과 자식을 낳아서 그 자식에게도 재능을 이어주고요. 또 그 자식에게도."

그러더니 로봇은 중앙에 있는 거대한 컴퓨터를 가리켰다.

"그래서 저희 제3세대 혁신 행성 개발 단지에서는 새로 사람이 태어날 때, 그 유전자를 컴퓨터가 조작해서 바꿔버리게 되어 있어요. 모든 사람이 비슷한 정도의 재능을 갖고 태어나 도록 컴퓨터가 아주 작은 수정란이었을 때 사람의 세포를 모 두 고쳐버리는 거죠. 이렇게 하면 잘생긴 부모로부터 태어났 다고 해서 무조건 자식도 잘생긴 게 아니라 다들 공정한 몸을 갖게 태어나죠. 정말로 공정하게 경쟁할 수 있는 세상이 되는 거예요."

"잠깐만요. 그러면, 이 행성에 사는 사람은 모두 다 똑같이 생겼고 똑같은 성격을 가졌다는 건가요?"

"아니에요. 그런 세상이 되면 안 되죠. 그렇게 해서 어떻게 서로 다른 사람들이 어울려 살면서 생기는 창의성이 생기겠 어요? 저희 행성에서는 모든 재능과 특성을 점수로 바꿔서 서 로 다른 사람이지만 항상 그 특성의 합은 일정해지도록 조정 해서 사람을 태어나게 해요. 예를 들어서, 어떤 사람의 외모가 3점이면 체력은 1점이 되고, 어떤 사람은 외모가 1점이면 체 력은 3점이 되도록. 그런 식으로 모든 재능, 성격, 자질이 다들 서로 조금씩 다르지만, 항상 그 합은 공정하게 같아지도록 정 해지는 거예요."

그때 미영은 중앙 컴퓨터 앞에 사람들이 모여 무릎을 꿇고 기도하는 모습을 보았다.

"저건 뭐 하는 건가요?"

"중앙 컴퓨터에 기도하는 부모들이에요. 아기가 태어나면 그 아기가 어떤 재능을 갖게 되는지, 어떤 재능을 못 갖게 되는지 하는 것은 중앙 컴퓨터가 무작위로 정해 그에 맞춰서 유전자를 조작해 바꾸는 거잖아요? 그러니까 부모들이 자기가 생각하기에 좋은 재능을 가진 아기가 태어나게 해달라고 컴퓨터의 무작위 연산 장치를 향해 기도하는 거죠."

"기도하면 소용이 있나요?"

미영이 묻자 로봇이 대답했다.

"아무 쓸모없는 부질없는 짓이죠. 이제 두 분도 저희 행성에 들어와서 사실 준비를 하실까요? 두 분은 성인이시니까, 성인용 세포 조작 장치에 들어가시면 저희 행성 평균에 맞도록 얼굴, 키, 몸무게, 지능, 성격, 특기, 장기 등등이 모두 조절될 겁니다. 얼굴이 바뀌면 그동안 사귀었던 다른 행성 사람들이 몰라볼 수도 있을 거라는 걸 걱정하시면, 얼굴은 그대로 두고 거기에 맞춰서 전체 평균이 일정해지도록 다른 재능만 바뀌게 설정하실 수도 있고요."

양식은 고개를 끄덕거리며 세포 조작 장치 안으로 걸어 들어가려고 했다. 그러나 미영은 양식을 말렸다.

"이건 우리 삶에 너무 심한 변화잖아. 함부로 결정할 일은 아니야. 옆에도 은전에서 개발한 행성이 있다고 하니까 거기까지 일단 살펴보자고."

두 사람이 마지막으로 찾아간 행성 우주선 착륙장 옆에는 별다른 건물이 없었다. 대신에 거대한 공장 같은 것이 세워져 있었다. 사람들이 실제로 생활하고 일하는 건물들은 그곳에서 꽤 멀리 떨어진 지역에 지어져 있는 듯싶었다.

안내 로봇이 미영에게 먼저 인사했다.

"반갑습니다. 여기는 은전 혁신 행성 개발 단지 X입니다."

"어? 4세대 혁신 행성 개발 단지 아니에요?"

"네 번째로 개발된 곳은 맞는데, 저희 청 윗분들이 4세대, 5호, 6단계 뭐 이렇게 숫자가 너무 커졌을 때는 상품 이름에 숫자를 그대로 붙이면 좀 지루하다고 생각하시는 것 같더라고요. 그래서 보통 네 번째 제품 다음부터는 숫자를 그대로 붙이지 않고 상품명 다음에 무슨 무슨 X라든가 무슨 무슨 Q, 무슨 무슨 네오, 이런 식으로 이름을 붙이고 있어요."

"이 행성에서 살려면 뭘 해야 하죠?"

로봇은 쾌활한 동작으로 두 사람을 공장 같은 설비의 안쪽으로 이끌었다. 그리고 이렇게 설명했다.

"옆 행성의 제3세대 혁신 행성 개발 단지, 보고 오신 분들 맞죠? 거기 너무 실망스럽지 않던가요? 거기는 사람의 유전자만 똑같이 배정하면 그걸로 공정한 경쟁이 된다는 발상으로 건설한 곳이라고요. 정말 편협한 생각이죠. 어디 사람 사는 게 그런가요? 비슷한 재능을 갖고 태어났어도, 만약 어릴 때 큰 자동차 사고를 겪어서 자동차를 무서워하게 되면 절대 자동차 경주 선수는 못 되지 않겠어요? 그리고 누구라도 어릴 때 옆집 아이랑 심하게 싸우다가 사람을 너무 못 믿는 성격이 된다면 아무래도 좋은 축구선수나 농구선수가 되기는 어렵겠죠. 그런 식으로 같은 재능을 타고 태어나도 어떤 환경에서 자라면서 어떤 경험을 하느냐에 따라 어떤 사람은 성공하고 어떤 사람은 실패하죠. 이런 건 너무 공정하지 않아요."

로봇은 설비에 달린 조그마한 철통 하나를 가리켰다.

"그래서 저희 혁신 행성 개발 단지 X에서는 이렇게 사람이 태어나면 항상 바로 이런 가상 현실 장치에 들어가게 해요. 그래서 컴퓨터가 만든 가상 현실 속에서 24시간 365일 모두가 같은 수준의 경험을 하면서 어린 시절을 보내도록 하죠. 그러다가 어른이 되면 저 문을 열고 걸어 나와서 현실 세계에서 살게 되는 거예요. 이렇게 하면 어떤 어린이는 학대당하면서 살고, 어떤 어린이는 운이 좋아 행복한 어린 시절을 보내는 일 없이 모두가 공정하죠."

미영이 물었다.

"잠깐만요. 그렇게 하면 그 아이가 자신의 어린 시절이 전부 가상 현실의 경험이었을 뿐이라는 걸 알았을 때 너무 충격받지 않나요?"

"아니에요. 그렇지 않아요. 저희 행성에서는 유치원 때부터

너희들이 경험하는 모든 것들은 가상 현실이고 나중에 가상 현실 밖에서 살기 위해 경험을 쌓는 거라는 사실을 다 알려주면서 어린이들을 양육하게 되어 있어요. 다들 이게 가장 좋은 길이라는 걸 잘 알고 적응하죠. 저희 행성 프로그램은 믿을 만해요. 두 분은 이미 어른이시니까, 우선 뇌 조작으로 어느 정도 기억을 삭제하셔서 과거에 겪은 경험과 성격을 좀 많이 없애게 될 거예요. 그러고 나서 저희 가상 현실 기계에서 한 2, 3년만 적응 경험을 새로 하시고 나면 이곳에서 생활하실 수 있게 될 거예요."

양식은 고개를 끄덕였다. 그리고 곧 기계 장치가 달린 철통으로 들어가려고 했다. 미영은 잠시만 생각해보자고 말리려고 했는데, 무슨 말부터 꺼내야 할지 고민이었다.

— 2020년, 마포에서

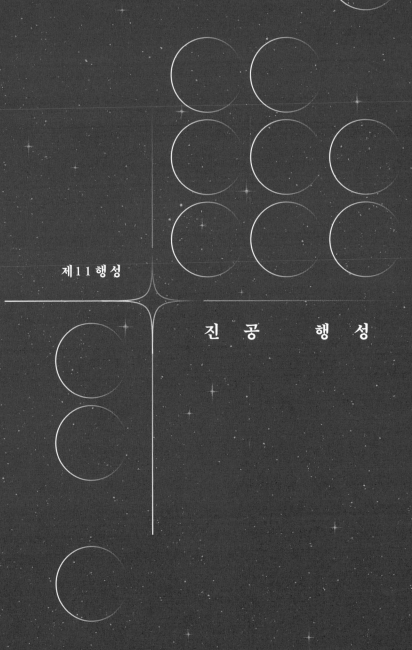

제11행성

진 공 행 성

미영이 화성의 특송 시장에 가보자고 했을 때, 양식은 반대
했다.

"특송 시장이면 갑자기 먼 데에 급하게 화물 보내고 싶은
사람들이 배달해줄 수 있는 우주선 찾아서 부탁하는 곳 아니
에요?"

"맞아. 요즘에는 경매 방식으로 주문을 받고 있다고 하더라
고. 그래서 운만 좋으면 간단한 배달 임무 하나만 진행해도 제
법 짭짤하다고도 하고."

"짭짤한 건 일부의 사례일 뿐이잖아요. 아무래도 이런 일
은 우리가 사업을 시작할 때 세운 목적과는 안 맞는 것 같은데
요."

아닌 게 아니라 화성에 도착해보니 특송 시장에 모여든 사람들은 대부분 굉장히 수완이 좋고 경험이 많으며 날렵하고 능숙한 사람들이었다. 그에 비하면 미영과 양식은 경매 참여 자격을 입증하는 서류처리 따위의 과정에서 한참 시간을 허비했다. 그러다 막상 경매에 참여하려고 하니 수백 명이 모여 떠들고 통신문을 날려대며 정신없이 빠르게 말을 주고받는 사이에 두 사람도 같이 있어야 했다. 전혀 경험이 없는 둘은 뭐가 뭔지 모르는 채로 혼란스러워하는 것 말고는 할 수 있는 것이 없었다.

"방금 뭐라고 한 거야?"

"가격하고, 무게 얼마짜리 물건을 어디로 배송할 건지 물어보고, 그거 하겠다고 대답하고, 뭐 그런 말들이 왔다 갔다 한 것 같은데요."

"그걸 다 알아듣고 판단한단 말이야?"

"저쪽에는 사람 대신에 사람보다 훨씬 냉정하게 판단하고 듣고 말하는, 반응 속도도 빠른 로봇이 경매에 참여하고 있어요."

"저기 봐. 저 사람들은 계산 빨리하고 말도 빨리하려고 두뇌에 컴퓨터를 심은 사람들이야."

뭘 보낼지 제안을 하자마자 거의 즉시 그 제안을 받아들이거나 역제안을 하는 말이 튀어나왔다. 그 모습은 경매에 참여

하는 사람들끼리 서로 화음을 맞추어 같이 노래를 부르는 광경과 비슷해 보일 정도였다. 무슨 초현실적인 음악 소리처럼 "여기" "그만" "오십만 더" "안드로메다 B 구역" "십만 인하" "낙찰" 하는 말소리가 곳곳에서 돌아가며 빠르게 울려 퍼졌다.

결국, 두 사람이 그저 두리번거리는 사이에 대부분의 특송 경매는 끝나버리고 말았다. 미영이 "여기 백만"하고 한번 소리친 적이 있었고, 양식이 "저기 잠깐만요"하고 한번 소리친 적이 있었지만, 정신없이 돌아가는 경매판에서 두 사람이 그렇게 한 박자 늦게 끼어드는 것은 아무런 영향이 없었다.

"헛일했네. 괜히 화성까지 오느라 고생만 했잖아."

허망한 마음으로 다시 우주선으로 돌아가려고 하는 길이었다. 화성의 황무지에서 자주 사용하는 부양 자동차 소리가 들렸다. 소리는 공기가 떨리면서 전달되는 것인데, 기압이 굉장히 낮은 화성의 바깥 지역에서 기압이 높은 건물 안으로 전해지면 그 소리는 독특하게 들린다. 미영은 누군가 바깥에서 급하게 시장으로 찾아오고 있다는 것을 알았다.

고개를 돌려 보니 과연 급하게 무엇인가가 나타났다.

"특송 물건 경매하시려는 분 없으십니까?"

부양 자동차에서 내리는 사람은 몸 전체를 매끈한 곡면의 특수 소재와 기계 장치로 감싸고 있었다. 미영이 양식에게 먼저 말했다.

"저거는 개인용 초공간 도약 장치인데. 무슨 일을 하는 사람이기에 저런 옷을 입고 있지?"

"모르겠어요."

그 사람은 곧 자신을 쳐다보는 미영과 양식을 발견했다.

"특송 경매하시는 분입니까?"

"네?"

양식이 그렇게 먼저 말하자, 미영이 나섰다.

"맞습니다. 관찰 가능한 우주에서 최고의 솜씨를 갖고 있을 수도 있지 않을까 하는 명망이 있는 특송 업자입니다. 우주 어디든 적당한 요금만 주시면 배달해드릴 수 있지요."

"그러면 이걸 검은눈 은하계에 배달해주실 수 있으십니까?"

그 사람은 들고 있던 작은 상자 하나를 내밀었다. 상자는 안에 둥근 공 모양의 다른 장치가 들어 있는 것 같았다. 상자는 철저히 밀봉되어 있었고, 초공간 도약 장치와 비슷한 설비들이 상자 옆을 돌아가며 달려 있었다. 한 번도 본 적이 없는 모양이라 도대체 그 안에 든 것이 뭔지, 무엇이 쓰는 장치인지는 알 수 없었다.

"이게 뭐죠?"

"우주 핵심 기술 연구 사업단에서 사용하는 실험 재료라고 보시면 되는데요. 겨우겨우 만드는 데 성공해서 보내는 거니까, 지금 급하게 검은눈 은하계의 목표 행성까지 빨리 보내주실 수 있으실까요?"

미영은 양식에게 살짝 눈짓한 뒤에 가격을 흥정했다. 양식은 그사이에 우주 핵심 기술 연구 사업단이라는 곳과 배달을 맡기는 사람의 신원에 대해 정보망에서 검색해보았다. 우주 핵심 기술 연구 사업단이라는 곳은 은하연합에서 공공사업으로 20여 년 전에 만든 단체였다. 그리고 배달을 맡기려는 사람은 확실히 그곳 소속이 맞는 것으로 검색되었다.

양식이 미영에게 속삭였다.

"무슨 밀수, 밀매하는 사람이나 범죄자는 아닌 것 같아요."

미영은 곧 계약이 성사되었음을 밝은 얼굴로 말했다. 이제 의뢰인이 된 이상한 복장을 한 그 사람은 고맙다고 하면서 여러 차례 당부했다.

"굉장히 중요한 연구 사업을 진행하고 있다고 하거든요. 그러니까, 꼭 최대한 빨리 배달해주세요. 배달비는 얼마든지 더 드릴 수도 있습니다."

"그러죠. 걱정 마십시오."

"감사합니다. 덕분에 오늘 특송을 보낼 수 있게 되었네요. 정말 감사합니다."

의뢰인과 미영과 양식은 웃는 얼굴로 헤어졌다. 양식이 미영에게 얼마에 계약한 거냐고 막 물어보려는데, 의뢰인은 다시 되돌아와서 마지막으로 한마디 덧붙였다.

"그런데 그 안에 있는 것을 절대로 열어서 보려고 하시면 안 됩니다. 절대로, 절대로 열려고 하시면 안 돼요."

의뢰인이 가달라고 하는 곳은 검은눈 은하계의 외곽에 위치한 어느 작은 떠돌이 행성이었다. 검은눈 은하계까지는 1700만 광년이나 떨어져 있는 곳이라, 빨리 가려면 확실히 서두르기는 해야 했다.

미영과 양식은 서둘러 우주선으로 돌아간 뒤에 최대한 급하게 초공간 도약 명령을 컴퓨터에 입력했다.

"그런데 도대체 뭐가 들어 있길래 절대 열어보지 말라고 하는 거죠?"

"무슨 엄청난 폭탄 같은 게 들어 있나?"

"설마요. 그러면 그냥 폭탄이니까 위험하다고 우리한테 설명해줬겠죠."

"그럼 혹시, 상자에서 나오면 주변을 전부 다 갉아 먹으면서 5초에 한 마리씩 새끼를 치는 무시무시한 외계 괴물?"

"그런 걸 특송 경매로 대충 배달해달라고 하면 배달과 관련된 안전 규정 위반으로 체포될 것 같은데요. 그렇게 무법자 같은 사람은 아닌 것 같았잖아요."

미영은 우주선의 보관함에 담겨 있는 상자를 쳐다보았다.

분명히 뭔가 엄청난 것이라 보호 장치를 이것저것 덕지덕지 붙여두었다는 느낌이었다. 그렇지만 상자 자체는 아주 가볍다는 느낌이었다. 금덩어리가 들어 있다거나 한 것 같지도 않았다.

"우주 핵심 기술 연구 사업단은 뭐 하는 곳이지?"

"한번 정보망에서 검색해볼까요?"

양식이 살펴보니, 우주 핵심 기술 연구 사업단 소재 자료는 공개된 것이 제법 있었다. 그런데 내용을 쉽게 훑어볼 수 있게 글로 정리된 것은 없었다. 대신에 요즘 공공 기관에서 유행하는, 사람과 대화하는 느낌으로 궁금한 것을 모두 물어볼 수 있다는 가상 로봇에 연결해볼 수는 있었다.

"이야기해볼까요?"

"그냥 읽기 편하게 간단하게 소개하는 글을 써두면 될 것을, 괜히 편하고 친근하게 한답시고 더 귀찮고 알아보는 데 시간도 오래 걸리는 로봇 프로그램을 만들어두는 건지 몰라."

그러면서도 미영은 고개를 끄덕거렸다. 그러자 우주 핵심 기술 연구 사업단에서 만들어둔 로봇 프로그램이 화면에 나타났다. 로봇 프로그램은 한눈에 보기에도 밝은 모습이었다. 다만 말투는 꼭 어린이 TV 프로그램에 나와서 튼튼이 체조나 씩씩이 체조나 그런 것을 알려주는 사람 같았다.

"정말 반갑습니다! 여러분, 도대체 우주 핵심 기술 연구 사업단에 대해 뭐가 궁금하시죠?"

"도대체 뭘 연구하는 곳인지 궁금해요."

미영은 말하다 보니 자기도 로봇 프로그램의 말투와 비슷해지고 있다는 생각이 들었다.

"저희 우주 핵심 기술 연구 사업단은 이 드넓은 우주에서 단순히 돈을 많이 벌기 위한 기술 말고, 정말 우주 전체의 지식 그 자체를 위해 가장 중요한 기술을 연구하기 위해서 20년 전에 은하연합에서 공공을 위한 목적으로 만든 곳이죠."

양식은 그 말을 듣고 한참 고민하다가 물어보았다.

"그래서 뭘 연구한다는 건데요?"

"사실 그게 가장 큰 고민이었답니다, 여러분. 지난 20년 동안 저희 우주 핵심 기술 연구 사업단은 도대체 무엇이 우주의 핵심 기술인지를 알아보기 위해 애썼답니다. 무엇이 우주의 핵심 기술인지에 대해 우주 최고의 학자님들이 서로 토론하고 논쟁하고 다투고 싸웠죠. 정말 치열한 대논쟁이었습니다."

"네."

"그렇게 19년이 지나갔습니다."

"네?"

"연구단의 학자들은 정말 온 힘을 다해서 19년간 연구했습니다."

"잠깐만요. 연구단에서 뭘 연구할지를 정하느라 19년이 걸렸다고요?"

"정하기 어려울 것 같지 않나요? 뭘 우주 핵심 기술이라고 할지? 말씀해보실 수 있겠어요?"

양식과 미영은 서로를 쳐다보며 생각했다. 뭐라고 말해야 할지 떠올리기가 쉽지는 않았다.

그사이에 화면 속의 프로그램은 잠시 말을 멈추더니 갑자기 모습이 변했다. 더 화려하고 더 멋져 보이는 모습이었다.

"즉, 저희 우주 핵심 기술 연구 사업단이 지난 20년 동안 수행한 가장 큰 사업은 바로 우주 핵심 기술 연구가 무엇인지 정하는 사업이었습니다. 그리고 작년에 마침내 우리는 그게 뭔지 알아냈고, 그 후 1년 동안 그것을 연구했던 것입니다!"

"그게 뭔데요?"

"바로 뭔가가 도대체 왜 있는 건지 알아낸 거죠."

미영은 얼굴을 조금 찌푸렸다.

"그건 또 무슨 말인데요?"

"사람이 왜 살고, 우주가 왜 생겨났는지, 바로 그 모든 것들에 대한 질문의 답을 찾는 것이 바로 우주에서 가장 중요한 우주 핵심 기술이란 것입니다."

프로그램의 설명에 대해 미영과 양식이 차례로 대답했다.

"사람이 사는 이유는, 태어났으니까 사는 거고, 생물인 이상 태어나면 살려고 발버둥 치는 건 본능인 거죠. 생물이 그런 본능을 가진 이유는 유전자 속에 그런 본능이 있도록 조상으로부터 물려받아서 그런 것이고."

"우주가 생겨난 이유는 우주 최초의 대폭발, 빅뱅 때문이잖아요."

프로그램이 답했다.

"대폭발 때문에 우주가 생겨났고, 본능 때문에 사람이 살고 싶어 한다는 것은 알지요. 그런데 도대체 대폭발은 왜 생겨났고, 유전자는 왜 본능을 담고 있는 걸까요?"

"책 같은 거 읽어보면, 자연 법칙상 그런 일은 생길 수밖에 없다고 하지 않았나?"

"대폭발은 시공간 왜곡 이론의 법칙과 양자이론 법칙에 따라서 생겨났다고 하지요. 그리고 유전자가 전해지는 것은 화학과 물리학 법칙에 따라 이루어지는 일이라고들 하고."

"뭐, 그렇잖아요. 그런데 뭘 더 연구한다는 거죠?"

"저희는 도대체 왜 그런 시공간 왜곡 이론의 법칙과 양자이론 법칙 같은 게 애초에 생겨났는지, 그걸 연구하겠다는 것입니다."

무엇인가 탐탁지 않다는 미영의 표정은 더 짙어졌다. 프로그램은 화면에 자료 영상을 보여주기 시작했다.

"+전기는 항상 -전기를 끌어당긴다고 하지요. 그게 당연한 법칙이죠. 그런데 왜 +전기와 -전기라는 두 가지가 있고,

그게 끌어당기는 성질이 생겼을까요? 왜 하필 그런 식일까요? 애초에 왜 세상은 아무것도 없이 그냥 텅 빈 채로 가만히 있는 게 아니라 이런 온갖 법칙 같은 게 있고 뭔가 일이 벌어지는 곳이 되었을까요? 애초에 왜 아무것도 없지 않고 뭔가가 있게 된 걸까요."

양식이 중얼거렸다.

"그러고 보니까 이상하네. 그런 법칙 같은 건 누가 왜 그런 모양으로 처음에 만들어놓은 거지?"

프로그램이 이야기했다.

"한반도의 제주도 지역에는 옛날에 거대한 거인이 걸어 다니면서 산도 만들고 물도 만들어서 세상을 지금과 같은 모양으로 꾸몄다는 신화가 있지요. 그런 신화대로라면, 먼 옛날에 굉장한 거인이 있어서 바로 그 거인이 세상을 만들고, 세상을 움직이는 여러 가지 법칙도 만들었다는 이야기가 될 것입니다. 지구는 둥근 모양이 되어야 안정하도록, 무거운 것은 무거울수록 서로에게 끌리도록, +전기와 −전기는 서로 끌어당기도록, 그런 모든 법칙들도 다 그 거인이 만들었겠죠."

"그러면 된 것 아닌가? 세상이 왜 있냐. 옛날 제주도 사람들은 거인이 만들어서 있는 거라고 한다. 끝. 제주도 신화가 근거가 있는 이야기냐 아니냐만 따져보면 되는 거 아닌가?"

"그렇지 않죠. 세상과 세상의 모든 법칙을 거인이 만들었다

면, 그 거인은 누가 만들었고, 왜 생긴 건가요? 우리는 정말 그
맨 밑바닥을 알아내고 싶은 거예요."

그즈음 해서 이 프로그램과 더 이상 대화를 해보았자 배달
해야 하는 상자 속에 무엇이 있는지는 알 수 없겠다는 생각이
들기 시작했다.

미영과 양식, 연구단 홍보 로봇 프로그램은 셋이서 상자 속
에 든 것의 정체에 대해 계속해서 열심히 토론했지만, 결국 목
적지에 도착할 때까지도 그 안에 든 것이 무엇인지 알아낼 수
는 없었다.

마침내 검은눈 은하계의 목적지 행성에 도착하자, 연구원
세 사람이 허겁지겁 뛰어나와 미영과 양식을 맞이했다. 세 사
람은 정갈한 태도로 상자를 받아 들었다.

"감사합니다. 정말 제대로 도착했네요. 감사합니다."

"여러분, 드디어 물건이 도착했습니다! 이야!"

세 연구원은 상자를 받아들자 기뻐하며 그렇게 외쳤다. 그
말에 행성 연구시설 연구원들은 모두들 대단히 좋아하는 것
같았다. 순식간에 환호의 분위기가 퍼져나갔다. 소리를 지르
는 사람, 기분 좋다고 방방 뛰는 사람, 옆에 있는 사람과 얼싸
안고 춤추는 사람, 감격해서 눈물을 흘리는 사람까지 있었다.

"도대체 이 안에 들어 있는 게 뭔데요?"

즐거워서 노래를 부르며 뛰어다니는 연구원을 붙잡고 미영이 물어보자, 그 사람은 웃으면서 대답했다.

"그 안에는 아무것도 안 들어 있어요."

"뭐요? 그럼 이걸 저희가 왜 이렇게 멀리까지 가지고 온 거예요?"

무슨 장난인가 싶어 미영은 따졌다. 그러자 연구원은 조금 더 차분한 태도로 설명해주었다.

"그게 아니라, 이 상자 안에는 정말 극단적이고 절대적으로 아무것도 없다고요. 공기도, 먼지도, 티끌 하나, 전자 하나, 아주 작은 입자 하나도 없어요. 아무것도, 아주 절대로 아무것도 없어요. 그렇게 아주 완벽하게 깨끗하게 아무것도 없는 것을 만드는 것은 굉장히 어렵죠."

"그게 이렇게 먼 은하계까지 배달해올 정도로 가치가 있나요?"

"원래는 아무것도 없는 텅 빈 공간이라고 해도, 확률적으로 우연한 현상이 일어날 수밖에 없는 양자이론에 따르면 최소한의 양자 요동은 일어나게 되어 있거든요. 그러니 이 상자처럼 그런 양자 요동 같은 현상조차도 일어나지 않도록 완벽하게 아무것도 없는 상태는 정말 만들기 힘들죠. 절대 만들어낼 수 없다고 한 학자들도 있었고. 그런데 파견 나가서 화성에서 일하던 저희 연구단 소속 대학원생이 정말로 완벽하게 아무것도 없는 상태를 만들어낸 거죠."

소리를 지르며 뛰어다니던 연구원 하나가 대화에 끼어들었다.

"진짜, 진짜 대단하죠! 어떤 사람은 그렇게 아무것도 없는 상태를 만들려고 하다 보면, 가짜 진공이라는 것을 만들어내게 되는 수가 있는데, 그런 게 만들어지면 주변을 전부 다 가짜 진공 상태로 바꿔버리면서 우주가 다 그렇게 변해서 망한다던 사람들도 있고요! 으하하하!"

미영은 기뻐서 뛰어가는 연구원을 따라갔다. 그리고 연구원을 진정시키며 다시 한번 따져 물었다.

"도대체 여기서 뭘 하려고 이런 걸 구해온 건데요? 좀 진정하고 대답을 해보세요."

"진정이 되나요. 이 기쁜 날에."

"여기 연구단에서 무슨 우주를 통째로 없애버리는 무기 같은 걸 만드는 거예요?"

"우주를 없애버리는 무기라뇨? 우리는 그 정반대의 연구를 하고 있습니다."

미영과 양식은 다 같이 노래를 부르며 줄지어 기쁘게 상자를 들고 가는 한 무리의 연구원들을 보았다. 연구원은 그 무리에서 뒤처진 걸 아쉬워하면서도 계속 설명해주었다.

"우리는 여기서 새로운 우주를 만들 겁니다. 완전히 새로운 시간과 공간의 시작을 새로 만들어낼 거예요. 그걸 위해서 그 재료로 가장 중요한 게 절대적으로 아무것도 없는 텅 빈 상태였는데, 그게 지금 여기 도착한 겁니다."

"새 우주를 만들어서 뭘 하는데요? 그 새로 만든 우주가 어떻게 변해가는지 구경하고, 그 우주에 사는 생물들한테 간섭하면서 지배하려고 하는 건가요?"

"아니에요. 정반대예요."

연구원들이 기쁨에 겨워 빨리 실험하자고 소리치며 달려가는 소리가 사방에서 들렸다.

연구원이 이어서 설명했다.

"새로 우주를 만들면 그것은 완전히 새로운 시간이에요. 시간 자체가 새로 생겼으니까요. 우리 시간에서 그대로 흘러가면서 이어지는 시간이 아닌 거죠. 전혀 다른 시간이에요. 우리가 사는 세계의 과거, 현재, 미래와는 완전히 다른 시간이 생긴 새 우주죠. 그 우주에서도 별이 생기고, 행성이 생기고, 사람 비슷한 종족이 생겨나면, 그 사람들도 결국은 기술을 발전시켜서 우리처럼 새로운 우주를 만드는 방법을 개발하겠죠? 그러면 그 사람들도 새로 우주를 만들어낼 거예요."

연구원은 꺅, 하고 한번 소리를 지르더니 흥분한 목소리로 외쳤다.

"그리고 그 사람들이 만들어낼 우주가 바로 지금 우리가 사는 이 우주가 되는 거예요!"

"어떻게 그럴 수가 있죠? 지금 새로 만들어낼 우주에서 태어날 종족이 먼 미래에 만들어내는 우주가 바로 지금 우리가 사는 세상이 되는 거라니?"

"과거와 미래가 그렇게 연결되는 게 아니에요. 완전히 새로운 시간이 생기니까요. 그러니까 우주가 생겨난 가장 중요한 이유가 뭐냐면, 바로 그 우주에서 다른 우주를 만들어내는 방법을 개발해내는 거예요. 그게 우주를 만드는 방법을 찾는 게 우주의 목적이죠. 그걸 지금 우리가 해낼 참이에요. 왜 그게 가장 중요하냐면, 바로 그렇게 새로운 우주를 만드는 방법이 개발될 수가 있어야 결국 누군가 우리가 사는 우주도 만들어낼 수 있다는 뜻이거든요."

말을 마친 연구원은 자신도 실험하려는 사람들 사이로 뛰어가려고 했다. 미영이 연구원을 붙잡았다.

"잠깐만. 그럼 만약에 우리가 영영 새 우주를 만들어내는 방법을 못 찾아내면 어떻게 되는데요?"

"그럴 수는 없죠. 지금 우리가 사는 우주가 여기 있다는 게 누군가는 새 우주 만들기에 성공했다는 증거예요. 그래도, 혹시나 만약에 절대 우주를 만들어낼 수가 없다는 게 밝혀진다면, 그러면 지금 우리 우주는 들어맞지 않는 것이 되는 겁니다."

연구원은 마지막으로 이런 말을 남기고 서둘러 실험하러 가버렸다.

"만약 그렇다면, 모든 것이 다 허공으로 사라져버리겠죠."

— 2020년, 반포에서

제12행성

매 매   행 성

우주선으로 들어오는 미영은 손에 작은 시계 같은 것을 들고 있었다.

양식이 물었다.

"사장님, 그게 뭐예요?"

"이거? 요즘 애들이 좋아한다는 장난감인데. 이게 뇌세포하고 똑같은 작용을 보여주는 거래."

시계의 화면에는 파란색에서 점점 보라색으로 변하는 불빛이 보였다. 그 빛깔은 조금씩 바뀌고 있었다. 양식이 다시 물었다.

"그러면 그게 인공지능 컴퓨터라는 말이에요?"

"아니, 그런 건 아니고. 사람 뇌는 뇌세포가 엄청나게 많이 뭉쳐서 만들어져 있는 거잖아. 이건 그냥 뇌세포 딱 한 개의 활동만 흉내 내는 거야. 값싸게 장난감에다가 넣을 수 있는 성능 낮은 구형 컴퓨터로 만든 제품이거든."

"뇌세포 딱 하나요? 그걸로 뭘 할 수 있는데요?"

"진짜 사람 뇌세포가 할 수 있는 행동은 다 할 수 있지. 여기 단추를 눌러서 이렇게 자극을 주면, 어떤 자극이 오는지에 따라서 사방으로 다른 자극을 보낼 수 있다고. 봐, 신기하지?"

미영이 장난감의 조그마한 단추를 누르면, 장난감의 작은 화면은 색깔이 변하면서 좀 움찔거렸다.

"이게 전부예요? 이런 걸 누가 사요?"

"안 그렇다니까. 이게 어린이들에게 지능계발과 뇌 성장에 좋은 영향을 준다고 그렇게 부모들이 많이 사다가 선물로 준다는데. 조금 좋은 컴퓨터가 달린 비싼 것은 뇌세포 다섯 개가 한꺼번에 엮여 있는 상태를 보여줄 수도 있다고 해서 더 인기가 좋고."

"정말요? 이런 거, 아무 재미도 없는 것 같은데."

양식은 의심스러워하는 눈길로 그 장난감을 쳐다보았다. 그러자 미영이 말했다.

"어쩌면 그렇게 좀 재미없고 이해하기 어려워서 더 인기가 많아졌는지도 모르지. 그래야 뭔가 이해할 수 없지만 신비로운 느낌이 들면서 이 장난감이 아이에게 좋은 영향을 끼칠 것 같지 않겠어?"

그 말을 들으니 양식은 어째 좀 그런 것 같기도 했다.

미영은 바로 우주선 조종석에 앉아 초공간 도약 목적지를 입력했다.

"어디로 가는 건데요?"

"일이 있는 쪽으로 가야지."

미영이 입력하는 것을 보니 목적지 위치에는 '뇌혁명 주식회사'라는 곳이 있었다.

"뇌혁명 주식회사? 그런 회사에 왜 가는 건데요?"

"거기서 일하는 변호사가 우리 회사에 무슨 관공서에 내는 서류 제출을 부탁했거든."

"변호사? 관공서? 서류요? 뭔가 법률회사 같은 데서 해야 하는 일 같이 들리는데요. 이런 일을 하는 게 우리가 이 회사를 시작한 이유는 아니잖아요. 거기가 도대체 뭘 만드는 회사인데요?"

"이거 만든 회사야."

미영은 양식에게 보여주었던 뇌세포 장난감을 눈앞에 흔들어 보였다.

얼마 지나지 않아 우주선은 뇌혁명 주식회사가 있는 은하계의 한 외진 행성에 도착했다. 은하연합에서 창업하는 회사들에게 일할 곳을 준다면서 적당히 마련해준 땅이었다. 그런 행성 중에는 이미 행성이 통째로 망해서 폐허에 괜히 미래적으로 꾸민 아름다운 책상과 의자만 남아 있는 곳이 열 군데가 넘었다. 다행히 뇌혁명 주식회사가 있는 행성은 아직 절반 정도밖에 망하지 않은 모습이었다.

뇌혁명 주식회사에 도착하자 변호사 마금희가 나타났다. 미영과 양식은 익히 알고 있는 사람이라 그곳에서 만난 것이 놀라웠다. 마금희는 대뜸 미영이 들고 있는 장난감을 가리키며 말했다.

"사장님도 하나 갖고 계시네. 그게 가장 인기 있던 제품이에요. 그게 정말 사람 뇌세포랑 똑같이 움직인다고요."

그 말을 듣고 양식은 미영에게 물었던 것을 마금희에게도 물었다.

"그런데 변호사님. 아무리 그래도 저는 이게 도대체 무슨 재미가 있다고 장난감으로 팔리는지 모르겠는데요. 그냥 자극 단추라고 되어 있는 단추를 이리저리 누르면 화면에 나오는 모양 좀 바뀌는 게 다 아닌가요?"

"그래도 진짜 뇌세포랑 똑같은 반응이라는 게 재미죠. 이렇게 생각해보자고요. 사람의 뇌에는 뇌세포가 천억 개가 뭉쳐 있는 것이잖아요. 그러니까 이 작은 신경세포 장난감 천억 개를 모아서 서로 통신이 되도록 연결해놓으면, 그건 사람 뇌하고 똑같이 움직일 수도 있을 거라고요."

거기까지 하는 말을 듣고 미영은 중얼거렸다.

"정말 그렇게 열 개면 열 배, 스무 개면 스무 배, 이런 식으로 딱딱 숫자 커지는 대로 될까."

마금희는 미영을 보면서 웃음을 지었다.

"감이 좋으시네요. 물론 그렇게 연결하기만 한다고 사람 뇌하고 똑같이 움직이는 컴퓨터를 만들 수 있는 것은 아니죠. 그렇지만 이미 우리 회사는 뇌세포 다섯 개가 엮여서 같이 움직이는 장난감을 팔고 있지 않나요? 더 좋은 성능의 컴퓨터를 이용하면 뇌세포 수십만 개, 수백만 개가 한꺼번에 움직이는 동작을 그대로 따라 하는 컴퓨터를 만드는 것도 할 수 있지요. 최신 컴퓨터를 이용하면 사람 뇌세포 백억 개가 엮여서 같이 움직이는 동작을 한꺼번에 표현할 수 있는 컴퓨터를 만들 수도 있거든요. 그런 컴퓨터를 20대, 30대쯤 연결해서 동시에 작동시키면 정말 사람 뇌와 같이 움직이는 컴퓨터를 만들 수 있어요."

그 말을 듣고 이번에는 양식이 다시 물었다.

"그러면 그걸로는 무엇을 할 수 있는 건데요? 사람과 똑같은 수준을 가진 인공지능 컴퓨터를 만들 수 있다는 이야기인가요?"

"아니죠. 사실 우리가 보통 사용하는 인공지능 컴퓨터 프로그램들은 그렇게까지 사람 뇌를 똑같이 따라 하는 방식으로 만들어져 있지는 않아요. 사람하고 무조건 똑같이 만든다고 좋은 것은 아니거든요. 컴퓨터들의 작동 방식에 맞게 더 편리하고 더 효율적인 방식으로 만든 프로그램이 여러모로 활용하기가 더 좋아요."

"어떤 게 그런 거죠?"

"예를 들어 머리가 아주 좋은 사람이라도 곱하기 나누기 계산을 머릿속으로만 암산해보라고 하면 4260 나누기 158 같은 문제를 빨리 계산하는 건 힘들잖아요? 그렇지만 이런 계산은 아주 옛날식 전자계산기도 아주 잠깐 사이에 해낼 수 있어요. 만약에 최신형 컴퓨터 몇십 대를 연결한 아주 좋은 컴퓨터로 사람 뇌를 그대로 따라 해보라고 하면 이런 곱하기 나누기 계산하는 것도 사람하고 똑같이 하기 힘들어서 낑낑대기나 할 거라고요. 그래서 보통 우리가 쓰는 컴퓨터 프로그램들은 아무리 인공지능 방식이라고 해도 사람 뇌세포와 뇌를 그렇게 똑같이 따라 하는 방식을 그대로 쓰지는 않아요. 빨리 달리는 자동차가 잘 달리는 육상 선수 다리처럼 생기지 않은 것처럼."

그 설명을 듣고 미영이 나섰다.

"그러면 도대체 사람 뇌세포 천억 개를 똑같이 따라 하는 컴퓨터를 만들어서 어디에 쓴다는 겁니까?"

"우리 회사에서 제일 잘하는 거요."

마금희가 말했다.

"장난감."

마금희는 미영과 양식에게 뇌혁명 주식회사에서 준비하는 장난감 광고를 보여주었다. 마금희는 설명을 이어나갔다.

"사람 뇌의 뇌세포 상태 하나하나를 기계로 측정한 다음, 컴퓨터에 들어 있는 뇌세포 프로그램에 하나하나 그대로 똑같은 동작을 하도록 조정해두는 거예요. 이런 작업을 천억 개의 뇌세포에 대해서 전부 다 해놓으면, 어떤 사람의 뇌 상태가 그대로 우리 회사 컴퓨터에 들어가 있게 되는 거죠. 그런 다음에 우리 회사 컴퓨터를 작동시키면."

"그러면 그 컴퓨터는 원래 기계로 측정한 그 사람의 뇌하고 똑같이 동작하겠네요."

"똑같이 동작하는 정도가 아니에요. 똑같이 생각하니까 그냥 자기가 그 사람인 줄 알아요. 처음에는 자기가 컴퓨터 프로그램이라는 생각도 못 한다고요. 그냥 그 사람이라고 생각해요. 컴퓨터에는 사람 같은 눈도, 코도, 입도 안 달려 있잖아요. 그래서 컴퓨터 프로그램을 실행시키면 프로그램은 자기가 사람인 줄 알고 '어, 내가 왜 갑자기 아무것도 안 보이고 아무 말도 못 하게 되었을까, 여기는 어디일까, 이상하다' 이런 생각을 한다고요."

양식은 설마 그게 가능할까 싶어 말을 잠깐 멈추었다. 그러자 미영이 다시 물었다.

"그게 어떻게 장난감이 되는 거지요? 그렇게 이상한 상태가 된 사람의 뇌가 어떤 식으로 놀라고 겁먹고 당황할까, 그런 걸 보고 재밌어 하는 사람이라도 있다는 겁니까?"

그 말에 마금희는 소리를 내어 웃었다.

"사장님은 정말 상상력이 풍부하시네. 누가 그렇게 울적하고 어두침침한 걸 장난감으로 만들어 팔겠어요. 장난감으로 팔리는 물건에는 좀 더 사람들의 꿈을 자극하는 게 있어야죠."

"그게 무슨 말씀이시죠?"

마금희는 웃음을 멈추었다. 이번에는 진지한 목소리로 이야기하기 시작했다.

"저희들과 계약을 해둔 아이돌 팀이 있어요. 저희 회사는 바로 그 애들의 뇌를 그대로 복사해서 컴퓨터 프로그램으로 만들고 있어요. 그 프로그램을 팬들에게 돈을 받고 팔려고요. 그래서 이렇게 서류를 만들어서 판매 허가를 받으려고 하는 거예요. 어떤 관공서에서는 아직도 종이에 인쇄해놓은 신청서만 받더라고요. 은하계 구석에서 관공서들 이곳저곳 찾아다니려면 얼마나 피곤합니까. 그래서 여러분께 부탁드리려는 겁니다."

양식이 물었다.

"잠깐만요. 아이돌들의 정신을 복사해서 컴퓨터 프로그램으로 만들어서 판다고요?"

"정신을 복사한다니까 되게 거창하게 들리네. 그냥 그들의 뇌 동작을 정확하게 따라 할 수 있는 프로그램을 만들어서 파는 거예요. 그런 프로그램을 집에서 돌리면서 그 프로그램과 잡담도 하고 인사도 하고 그러면서 지내면, 정말로 그 아이돌과 같이 한집에서 사는 느낌이 나겠죠. 진짜하고 거의 완전히 똑같이 움직이게 할 수가 있으니까요. 말투도 똑같고, 성격도 똑같고, 어떤 이야기에 웃는지, 어떤 말에 슬퍼하는지, 다 그 아이돌과 똑같을 거라고요."

미영이 마금희에게 물었다.

"그런데 아무리 인기 있는 아이돌 가수라도 사람이 장점도 있고 단점도 있을 텐데요. 막상 정말로 한 사람의 정신을 그대로 가진 프로그램과 같이 생활하다 보면 불편한 점도 있고 짜증 나는 점도 있고 그럴 텐데요."

그 질문에 답하기 위해 마금희는 뇌혁명 주식회사의 주연구실을 보여주었다.

"그게 우리도 제일 고민이었어요. 그래서 저희는 사람의 정신 구조를 삭제하고 조작하는 방법들을 널리 연구했습니다."

"연구해서, 어떻게 했는데요?"

"아이돌 가수의 정신과 완벽하게 똑같은 상태의 프로그램을 만들어서 팔면 더 편하고 싸게 먹히겠지만, 저희는 좀 더 공을 들여서 프로그램을 조금 다르게 개조했습니다. 그래서 이걸 사서 집에 설치해두고 쓰시는 분들이 좀 더 편하게 같이 지낼 수 있도록 프로그램을 고쳐놓았죠. 진짜 사람하고 같이 산다고 하면, 사실 귀찮거나 불편한 일들도 얼마나 많겠어요? 그런데 저희는 그런 귀찮음을 끼칠 수 있는 성격은 나타나지 않도록 다 제거하고 뜯어고친 상태로 판매를 할 거거든요. 재미 삼아 같이 놀려고 프로그램하고 이야기를 하려는데, 프로그램이 기분이 우울하다고 징징거리기만 하면 얼마나 싫겠어요? 그래서 일정 정도 이상으로는 슬픈 느낌, 화내는 느낌은 못 느끼도록 개조해서 판매할 수 있어요. 또 너무 하나도 안 슬퍼하고 화도 안 내면 별 재미 없다고 생각할 테니까 조금은 남겨 두고."

연구실을 둘러보는 동안 양식의 표정은 좀 어두워졌다.

"이렇게 사람하고 똑같이 생각하는 프로그램을 만들고, 또 그 프로그램을 조작하고 막 그래도 되는 건가요?"

"우리는 그 뇌의 주인인 아이돌 가수에게 허가를 받아서 돈을 내고 장난감을 만드는 건데요. 무슨 문제입니까?"

"본인이 허락만 하면 그걸로 아무 문제가 없다고 할 수 있을까요?"

"어떤 작가가 쓴 글이나 책도 다 결국 그 사람의 뇌 속에 있는 정보를 꺼내서 담아놓은 것이잖아요. 그걸 돈 받고 파는 것은 수천 년 전부터 하던 일 아닙니까? 더군다나 작가가 허락만 한다면 각색도 하고 편집도 해서 팔 수 있고요. 이 프로그램은 훨씬 더 순수하게 정신을 그대로 복사해서 재미있는 것을 만들었다는 것뿐이에요."

미영과 양식은 잠시 말없이 서로를 쳐다보았다. 마금희는 자상한 웃음을 지어 보였다.

"이 제품이 성공해서 만 명, 십만 명에게 팔린다고 해봅시다. 그러면 처음에는 구입한 사람들 다들 똑같이 이 아이돌의 뇌 상태를 그대로 반영한 프로그램을 갖고 있겠지요. 그렇지만 한 달, 두 달, 1년, 2년, 그 프로그램을 산 사람과 같이 살면서 어떻게 사는지에 따라 점점 정신이 달라지고 생각이나 성격도 달라질 거예요. 그러면 한 1년 정도만 지나도 이렇게까지 특이하게 이 아이돌의 성격을 바꾸어놓았다고 자랑하는 사람이 나올 거예요. 그런 사람들이 많이 나와서 서로 자기네 프로그램이 더 재미난 성격이라고 뽐내고 겨루고 그런 대회도 하면 얼마나 더 좋겠습니까?"

미영은 서류 뭉치를 받아 들고 양식과 함께 걸어나왔다. 나오는 길에 미영은 마금희에게 한 가지를 더 물어보았다.

"그런데 이게 로봇 복지법에는 걸리는 점이 없습니까? 일정 정도 수준 이상으로 지능을 가진 컴퓨터 프로그램을 작동 시키면, 그런 프로그램에는 사람과 비슷한 인권 같은 권리를 조금씩 주어야 한다는 제도가 은하연합에 있는 것으로 알고 있습니다. 이 회사에서 판매할 제품은 사람의 뇌와 똑같은 수준이 될 텐데, 그러면 사람에게 주어야 하는 거의 모든 인권을 주어야 하지 않나요? 그러면 함부로 조작한다든가, 사고판다든가, 마음대로 대하면서 같이 지낸다든가 그러기는 어렵게 될 것 같은데요."

그러자 마금희는 미영이 들고 있는 서류 뭉치를 한 손으로 톡톡 건드렸다.

"맞아요. 바로 그래서 그런 제도에 따라가더라도 아무 문제가 없다는 점을 확인하기 위해서 지금 들고 계신 그 서류를 당국에 제출하는 거예요."

미영이 물었다.

"무슨 말인지 모르겠는데요."

마금희의 마지막 대답은 이러했다.

"그 제도에 걸리지 않기 위해서, 저희는 사람의 정신을 옮기지만 지능검사를 하면 권리를 거의 줄 필요가 없는 짐승 수준의 지능이 나오도록 일부러 지능을 떨어뜨리는 조작을 해놓을 겁니다. 지능을 가진 인공지능을 보호하는 제도가 얼마나 강하게 적용될지 모르겠는데, 인공지능을 강하게 보호한

다고 하면 저희는 검사 때만 지능이 감퇴되도록 만들어 팔면
되거든요. 지능검사를 하면 강아지나 고양이 수준의 지능만
나오도록 말이죠."

— 2020년, 양재역에서

　고등학생 시절, 시간이 날 때 친구들끼리 돌려 읽던 잡지 중에 『독서평설』이 있었다. 지금이야 스마트폰으로 검색하면 심심할 때 시간 때울 것은 얼마든지 나오지만, 그때만 해도 만화책이나 잡지 정도가 최선이었다. 사실 고등학생이 읽을 만한 잡지는 별로 없었다. 시사잡지나 여성잡지라고 부르던 책들은 지금보다 오히려 그때가 더 많기는 했다. 하지만 그런 잡지에 자주 실리는 정치인들의 비리 이야기나 새로운 요리 아이디어 같은 내용은 고등학생들이 읽기에 별로 와닿지 않았다. 그나마 패션잡지나 영화잡지는 멋있는 사진을 보는 재미가 있어서 이리저리 들춰볼 만한 정도였다. 그러니 찬찬히 내용 구석구석을 읽어볼 잡지는 『독서평설』 정도가 유일했다.

『독서평설』에는 요즘 뉴스에서 자주 언급된다 싶지만 잘 이해할 수 없는 내용을 고등학생 정도 되는 독자에게 해설해 주는 이야기들이 곳곳에 자리 잡고 있었다. 그래서 우선은 호기심을 충족하기에 좋았다.

무슨 법령을 두고 정당들이 다툰다거나, 무슨 사건의 영향으로 경제가 출렁인다는 소식이 한번 화제가 되면 신문 기사에서 자주 언급된다. 그런데 그런 내용은 평소 정치나 경제에 관심이 없던 사람이 금방 이해하기는 어렵다. 무슨 내용인지도 잘 알 수 없는 화제를 두고 많은 사람들이 심각한 목소리로 TV나 방송에서 자주 이야기하는 장면이 자주 눈에 뜨이면, '도대체 저 사람들은 뭐 때문에 저러나' '다들 중요하게 여기는 저것을 나는 왜 모를까' 하는 생각이 든다. 답답하고 갑갑하다. 이럴 때 『독서평설』은 그런 이야기를 알아들을 수 있도록 도와주는 잡지였다.

거기에 더해서 『독서평설』에는 진학 정보나 이러저러한 방식으로 공부를 해보라는 내용도 한 컷에 같이 실려 있었다. 그 덕택에 공부를 위한 잡지라는 보람찬 느낌도 약간은 서려 있는 느낌이었다. 사실 나는 그런 기사들은 거의 읽지 않는 편이었는데, 그래도 그냥 심심풀이로 잡지를 읽으면서 뭔가 게으르게 시간을 보내는 것보다는 낫다는 뿌듯함을 느끼기에는 좋았다.

20년이 넘는 시간이 흘러 나는 『독서평설』로부터 원고를 써달라는 연락을 받게 되었다. 꾸준히 원고를 실으며 꼬박꼬박 원고료를 받을 수 있는 잡지사나 신문사로부터 연재 청탁을 받는 것은 원고료와 인세로 먹고살아야 하는 나 같은 작가에게는 언제나 즐거운 소식이다.

그중에서도 『독서평설』에서 받은 소식은 특히 기뻤다. 그동안 십여 년을 이런저런 글을 정신없이 쓰면서 살아왔지만, 나는 과연 내가 글을 잘 쓰고 있는지, 뭘 잘하고 있는지 스스로 확신할 수 없을 때가 많았다. 꾸준히 책을 출간하기는 했는데 딱히 망한 책이 없는 만큼 딱히 크게 성공한 책도 없었다. 그러니 과연 작가 일을 하면서 내가 점차 글을 잘 쓰게 되어가고 있기는 한 것인지, 이 바닥에 자리 잡고 있다고 할 수 있는 것인지 의심스러웠다. 그런데 어렸을 때 좋은 글이 많이 실려 있다고 생각하던 그 잡지에 내가 글을 실을 수 있게 되었다는 것은 뿌듯한 소식이었다. 글을 쓰며 살다 보면, 힘이 쭉쭉 빠지는 일을 겪을 때가 정말 많은데 오랜만에 힘이 나는 일이었다. 그렇게 해서 2020년 1월부터 2020년 12월까지 나는 『독서평설』에 매달 글을 싣게 되었다.

평소에 소설을 자주 써온 만큼, 『독서평설』에도 짤막한 SF 단편을 매달 써서 올렸다. 나는 어린이나 청소년을 대상으로 강연이나 강의를 해본 적도 없고, 여전히 청소년 대상으로 글을 쓰는 데 익숙하지도 않다. 그러니 그나마 익숙한 SF 단편을 쓰면서 잡지 분위기에 그럭저럭 어울리게 맞춰보자는 정도가 내가 할 수 있는 일이었다. 그렇기에 이 소설들은 『독서평설』에 실린 글이기는 해도 청소년용의 글로 처음부터 맞춰 쓴 이야기라기보다는 누구나 읽기 좋은 이야기를 쓰겠다고 쓴 것이다. 나는 소설을 쓸 때면 언제나 내가 좋아하는 글을 쓰기 위해 노력하는 편이다. 그러므로 이 소설들 역시 어쩌면 성인 독자가 더욱 좋아할 만한 내용일지도 모르겠다.

소설의 내용은 우주 곳곳을 돌아다니며 온갖 일을 맡아 하는 조그마한 회사의 직원들이 이상한 행성들을 하나둘 방문하며 모험을 겪는다는 내용이다. 이 이야기의 주인공은 회사의 사장과 직원인 이미영과 김양식인데, 나는 그 전부터 두 사람이 겪는 모험담을 SF 단편으로 이곳저곳에 실었던 적이 있었다. 주로 자유분방하고 조금은 황당무계한 상상을 이야기로 꾸밀 때 나는 두 사람을 등장시키곤 했는데, 두 사람의 다른 모험담은 소설집 『ㅁㅇㅇㅅ : 미영과 양식의 은하행성서비스센터』(아작, 2021)으로 출간했다. 다채로운 소재를 다루는 잡지 속 소설에도 두 사람의 이야기가 어울릴 것 같아서, 나는 『독서평설』의 소설 시리즈에도 두 사람을 그대로 주인공으로 등장시켰다. 그렇게 해서, 1년 만에 12달의 연재 분량에 맞춰 12개의 행성을 탐험하는 '12행성 모험기'가 완성되었다.

　이 책은 그 소설들을 한 권으로 따로 엮은 것이다. 원래 여러 가지 고민이나 토론을 이끌 수 있는 재료로 쓴 글이기는 하지만, 지금에 와서 거기에 매일 필요는 없으리라 생각한다. 이야기를 읽으면 신기한 느낌이 들었고, 재미난 상상이 떠올랐다면 느낌대로 상상대로 자유롭게 글을 즐기면 충분하리라 생각한다.

― 2021년, 서울 시민의 숲에서

은하행성서비스센터,
정상 영업합니다

© 곽재식, 2022

초판 1쇄 인쇄일 2022년 09월 30일
초판 1쇄 발행일 2022년 10월 14일

지은이   곽재식
펴낸이   정은영
편집   김보성
디자인   용석재
마케팅   최금순 오세미 공태희
제작   홍동근

펴낸곳   네오북스
출판등록 2013년 4월 19일 제2013-000123호
주소   04047 서울특별시 마포구 양화로6길 49
전화   편집부 (02)324-2347, 경영지원부 (02)325-6047
팩스   편집부 (02)324-2348, 경영지원부 (02)2648-1311
이메일   neofiction@jamobook.com

ISBN   979-11-5740-346-2 (03810)